浮生若梦

故酒 ◎ 著

惊蛰

贵州出版集团
贵州人民出版社

图书在版编目（CIP）数据

惊蛰月半 / 故酒著. -- 贵阳：贵州人民出版社，2016.10（2020.3重印）
ISBN 978-7-221-13663-3

Ⅰ.①惊… Ⅱ.①故… Ⅲ.①长篇小说－中国－当代
Ⅳ.①I247.5

中国版本图书馆CIP数据核字(2016)第259007号

惊蛰月半

故酒 著

出 版 人	苏 桦
出版统筹	陈继光
选题策划	大鱼文化
责任编辑	张秋菊
流程编辑	潘 媛
特约编辑	廖 妍
封面设计	颜小曼
内文设计	米 籽
封面绘画	吟 子
出版发行	贵州人民出版社（贵阳市观山湖区会展东路SOHO办公区A座邮编：550081）
印　　刷	三河市华东印刷有限公司
开　　本	880×1230毫米 1/32
字　　数	211千字
印　　张	8
版　　次	2017年1月第1版
印　　次	2017年1月第1次印刷 2020年3月第2次印刷
书　　号	ISBN 978-7-221-13663-3
定　　价	42.00元

人物介绍

惊蛰

他是鬼中仙君,仙中鬼怪,是天帝见了也要称一声的惊蛰公子

这男人养了只猫,等它一世又一世地轮回,千万年来不喊一声烦。

他的百兽袍人人都识,画着洪荒之初的百种珍兽,那么多年里,都护他安稳无忧。他的这张脸人人都识,星眸剑眉,唇红齿白,藏下眼中的一片精明,瞧起来,那般温润纯良。

有人识他的脸,有人识他的袍,可他总抱在怀里的灰猫却是没人知道。这公子也不恼,抿抿嘴就先笑——"我的这只猫啊,你们可不配知道。"

人物介绍 RENWU JIESHAO

乔月半

惊蛰的猫成了精,胖胖变成了乔月半

有人说她是青楼里长大的姑娘,嫖客们的轻佻学得入木三分,姑娘们的娇媚更是学得惟妙惟肖,又生了一双上扬的眼,碧光盈盈带着笑。她被惊蛰护在掌心,一不留神就长大,穿着华丽的衣袍,眉心的坠子飘飘荡荡。
连惊蛰公子都栽在她手里,心甘情愿,一世又一世。

人物介绍

鲤鱼

她本该是女儿国内万人敬仰的王

她穿着嫁衣,她守着寡,任谁问了都笑,说心上的人在西天之上。
本该是女儿国内万人敬仰的王,不巧遇见一取经的和尚,又无可救药地爱上。
他有他的诸佛菩萨,天下苍生,她千般万般却留不住。
若干年后,她仍穿着红嫁衣,仍等着那一去不回的和尚。

人物介绍 RENWU JIESHAO

华桑

他是倚栏坊的风骚老板，更是三清池不败的仙人，是美人，是华桑。

华桑爱他的红袍，懒懒散散地往梁上一靠，美眸轻佻，风情妖娆。
他这一生都风光，却逃不过一个"情"字。
他说："为了我，那姑娘成了魔，你说我是不是罪过。"
喝下一杯回不了头的酒，余下一生，都要狼狈地活。

人物介绍

胡尔兰

我不叫胡姑娘,我叫李夫人

九世轮回那么长,他回头去看,那姑娘依然在等。
时光走得快,姑娘的大好年华抵不过光阴寸寸,上一秒还是英姿飒爽的热血儿女,下一秒就成了鸡皮鹤发的老人。
拿着那支凤头钗,在这短暂的一段情里固执着不肯走。
"我的夫君是那般好,值得我等他这一世归乡。"

青蛇
她是西湖桥头的配角

人人都知道她是青蛇，民间神话故事里不起眼的配角一个，在那白衣女人的身边，默默无闻地活着。

可神话故事也有错，没有人知道她的爱。

一念之差，铸成大错，毁了许仙，也毁了白蛇。

一转眼又是这金山寺底，白蛇一个人，凄凄凉凉地活，没有许仙，也没有青蛇，只有一个和尚，拿着他的金钵。

花苑
倚老卖老的师姐却是妖王之王

她是开天辟地后的第一只妖，不知天高，不懂地厚。

风吹起她的一身袍，想看看那传说中的地方。

却不想，六界里一走就糟糕。

遇到了情窦初开的傻小子，偏偏是个捉妖人。

"小师弟可要好生待我，师姐我身娇体弱，可辜负不得。"

冥女

奈何桥头端着一碗热汤的孟娘

有人喊她冥女，有人喊她孟娘，一些人喜她，说她的汤能使人忘了执念，一些人恨她，说执念散去我怎么活。

好的坏的，她都不管，只是端着一碗热汤坐在桥头。

天地之间唯有她执念最深，一世她只能看一眼，百年之中唯有一瞬好过。

花麒

本是天上女，半张芙蓉面

谁叫她爱错，十几年的等待，换来一场大火。

半张脸都葬于火下，千百年后开出芙蓉几朵。

满怀怨恨地走，风情万种地归，扬扬嘴角，她啊，娇娇地笑。

"谁的爱都不是用来辜负的，今日要我哭的人，隔日我便让他死。"

阿苦
不过一棵小小的蓝树精

那一身正气的城主叫枫蓝,守着寂静黑暗的一座城,盼天可怜。
那沉默不语的姑娘叫阿苦,守着一身正气的城主,愿神可佑。
阿苦这一生都平凡,唯有那最后一瞬,染成绚烂的一把火,照亮那灰暗的一座城,上演一出日落。
"该怎么说呢?我是那般地喜欢阿哥。"

瞳谷
遇见惊蛰的那年,瞳谷还是棵黄花菜

情窦初开的姑娘只一眼就喜欢上了黑心老板惊蛰。
时隔多年的卷土重来,姑娘挺着胸膛,大声地说着爱,终究是不怕虎的初生牛犊,叫人好生羡慕。
少女无畏,脆生生地对着尘世笑着,灼了那些痴男怨女的眼,笑言——这样天真的模样,我也曾有。

沥江

良心楼里没良心的老板是他，
凤凰心中百般好的也是他

凤凰栖梧桐。
敢跟梧桐抢凤凰的叫沥江。
沥江："我欠凤凰许多，所以万万不能离她远去，不然，怎么还。"
有朝一日凤凰涅槃，只见他敛眸浅笑，神色温柔。
为她，只为她。

城墨

本是潇洒仙人，却落魄得只剩苟活

他是来去潇洒仙人，六界之中随意懒散，这一日还住在东海，隔日就跑去昆仑，谁也比不上他的惬意随性。
这本该是很好的一生，偏偏叫他遇见个半仙儿，替她受了天谴，要男人的余生，都在那轮椅之上。
城墨："红尘一场，谁又不是心甘情愿呢？"

人物介绍

九藏

她是冥殿里被尘世里的各种贪婪丑恶供奉出来的姑娘

姑娘啊,她张扬又跋扈,她傲慢且无礼,任谁瞧见她,都要远远地躲。可她乖过,冥殿里的小小身影是她,望着男人的石像,目光虔诚又寂静,在他身边伴他一日又一日。

落花无怨,死也心甘。

九藏:"这世间万物都拿我没辙,唯有一个'情'字,我是真真逃不过。"

目录

前　言 / 乔月半	001
第一章 / 女儿情	005
第二章 / 故人归	019
第三章 / 百世情	035
第四章 / 酒中杯	049
第五章 / 一怨幽	082
第六章 / 青蛇传	102

目录

第 七 章 / 沉墨香	122
第 八 章 / 蓝凤凰	141
第 九 章 / 心上人	161
第 十 章 / 承难女	177
第十一章 / 苑君生	196
第十二章 / 悬两世	214

前言
/乔月半

画师的猫成精了

画师的猫成精了，就在昨天刮着风的夜里。

温热的鱼目珠子变得冰凉，少了几分晶莹剔透的光泽，溜溜地滚在地上弹出几声响，揉了揉眼睛看过去，现如今也不过是一个破玻璃球了。

珠子滚到了画师的脚旁，画师抬头瞧不见那只神色高傲的猫，只瞧见床上的姑娘，寸缕未沾。

捡起地上普通到还不如指甲来得有色泽的珠子，画师又看了看少女，像是明白了什么。画师抚了抚额，想把这姑娘塞进珠子里回炉重造。

少女懒懒地翻了个身子，一双眼角凌厉地挑起来，满眼都是慵懒的风情。半梦半醒地掀开眼皮瞧了瞧，她看到画师呆呆地拿着一颗破珠子，嫌弃道："真蠢。"

少女的轻声细语却如雷鸣一般地灌进了画师的耳中。一把扔掉手中的鱼目珠子，画师转身走向少女。

画师气得青筋暴起，估摸着一会儿少女要是再说出什么大逆不道的话来，画师的脑浆恐怕就要崩出来了。

"小兔崽子，你看看你干的……"指着一旁在地上弹个没完的鱼目珠子，画师随便拎起少女的一只胳膊将其拎出被子。被子顺势滑落，没有了毛皮的猫姑娘身上连个半丝半缕都没有，白皙如雪的身子就这么闯入了画师的眼中，硬生生地打断了他的话。

少女还浑然不觉，对画师的训斥也不以为意，上前一跃就挂在了画师的身上，凑上前亲昵讨好地舔了舔呆若木鸡的画师的脸。见画师没反应，少女又卖力地舔了舔画师的脖子，看起来，像是某种宠物的习惯，嘴里还慢条斯理地说着："蠢货，老子饿了，老子的饭呢？"

好一会儿，画师都没反应过来，猫姑娘等得不耐烦了，伸出手在画师的身上打了几下，怒声质问："连个饭都准备不好，我养你何用！"可能是还不解气吧，猫姑娘抬起头皱着鼻子对着画师狠狠地哼了一下，继续呵斥："养你何用！"

在猫姑娘变成人形之前，画师一直都甚是喜爱每日清晨自家的小猫扑到怀中撒娇的情景，还会十分享受地顺着猫姑娘的毛发，一脸幸福。

如今见到这一幕，画师险些没咬碎了后槽牙，大手一挥拿过一旁的被子裹在猫姑娘身上将其推开，以免猫姑娘再扑过来。画师向后退了两步，阴沉着一张脸指着猫姑娘说："小兔崽子，想活命就闭上你的狗嘴！"

猫姑娘四平八稳地坐在床上，慢条斯理地舔了舔嘴唇四下打量着，听到画师的话之后，眯着眼睛十分不屑地嗤笑了一下。

扯掉画师给裹在身上的被子，猫姑娘下了榻，一边走向厨房给自己找食吃，一边鄙夷地说："我怎么养了一个这么蠢的东西……"

迈着优雅轻盈的步子，猫姑娘看着画师，眼梢凌厉地挑起，轻声质问："猫和狗分不清吗？"

听闻画师的猫成了精，门前客栈里的老板娘耐不住性子，舀了一勺好酒灌进壶里就将火红的衣袍抖进了风中。

这老板娘名叫楼鱼，是个寡妇，在凉京城内是出了名的美人。四海十二国内提起凉京城可能鲜有人知，可提起寡妇楼鱼可真是尽人皆知了。

楼鱼推开画师铺子的门，晚风一吹，酒香盖过了红袍的夺目率先闯了进来。

画师从楼鱼手中接过酒，道了声谢后率先尝了尝，觉得味道甚好，在怀里摸出二两银子交给楼鱼要她再打一壶来。

楼鱼没搭理画师，反而走向榻上那个吊梢眼美人，她知道这美人就是那只叫"胖胖"的猫，仔细打量之后，对画师努了努下巴："我后院养了条狗，惊蛰你看看有没有办法变成和你家猫一样俊俏的人儿。"

画师抽了抽嘴角，翻遍了柜子也找不到一件女儿家的衣衫，看楼鱼的体型和猫姑娘的体型差不多，便又从怀里拿出二两银子问楼鱼借两件薄衫穿穿。

楼鱼也觉得这猫姑娘就这么裸着也不是回事，但当事人却浑然不知有何不妥，将画师搭在她身上的被子嫌弃地扯下来，一双眼睛滴溜溜地转着，时而看寡妇一眼，时而看画师一眼，也不知在算计谁。

楼鱼接了银子去帮猫姑娘取衣裳，画师关上了柜子，对猫姑娘说："你就叫乔月半吧。"

猫姑娘已经接受了自己变成人形的事情，听到画师的话后抬起眼皮，轻轻歪着头瞪着画师，问："为什么要叫月半？"

"因为胖字拆开了就是月半。"画师说完放下手中晶莹剔透的杯子，看着乔月半贱兮兮地问，"你觉得呢，胖胖。"

猫姑娘听后面不改色，耷拉着眼皮伸出手正对着惊蛰的脸"啪"就是一下。

第一章 / 女儿情

"他想对楼鱼说的话,是若有来生。"

❰1❱我的心上人百年前就上了西天

猫姑娘一直跟着画师生活，画师偶尔会接一些凡人的活计来换取寿命渡到猫姑娘的身上，所以托画师的福，猫姑娘也活了有百年之久。

百年过下来，猫姑娘发现，寡妇楼鱼一直都穿着火红的嫁衣，对她那个过世的夫君也只字不提。若是有不知情的问起寡妇可是有了心上人，楼鱼就会答："我的心上人百年前就上了西天。"微微张开双臂一副你好生瞧瞧的模样，楼鱼继续说，"没看我正守孝呢？"

旁人只当她是开玩笑，可百年下来猫姑娘却是看得明白，这楼鱼好像真是个寡妇。

猫姑娘还记得最初遇见寡妇是在一个佛光普照的夜里，西天的尽头一片佛光遮天，耳旁隐隐约约有佛经响起。不少的善男信女都在睡梦中醒来，对着西方极乐世界拜得虔诚，祈求着风调雨顺。

楼鱼就是在那个时候出现的，她并没有如那些善男信女一样叩首而拜，而是目不转睛地看着西方世界，站得笔直。

良久，她低头看一眼地上叩拜的善男信女，再远眺西方，眉宇之间微微带着复杂的神色。

那日的楼鱼并没有如现在一般，一身红装，似火一般灼人。她穿得简单，双手垂在两侧，长长的袖子里是一双白嫩的手指。

半晌后，猫姑娘看到她双手合十在胸前，轻轻呢喃了一句："阿弥陀佛。"

那佛光把西天照亮了有八十一天之久，这八十一天里，楼鱼都会站在望向西天视野最好的一条街道痴迷地望过去。

想起寡妇，猫姑娘也对她那个神秘的夫君好奇，本不抱着能在画师那里问出点什么的心情，乔月半出声问："楼鱼守了那么多年的寡，究竟是怎样一个绝世公子能值得楼鱼这等的美人如此痴情？"

画师嘴皮子不饶人，对乔月半说："哟！这还刚刚变成人形就惦记上红尘之事啦？"说完，画师沏好了茶水也上了软榻盘腿而坐，透过支起的窗户看向对面客栈里忙前忙后的老板娘楼鱼。

"你真想知道？"

乔月半点点头，睁大了眼睛等待画师开口。

画师端了个架子，刚一张嘴，乔月半以为画师要说楼鱼的故事了，却没想到画师睨了一眼乔月半，不冷不热地说："想听你就把被子先裹身上，男女有别。"

乔月半扯了扯被子，听到画师说完男女有别之后冷着脸问："那当初你怎么不养只公猫？"

"你还想不想听？"

"还是母猫好。"

《2》早就听闻男人胆子大,还真是百闻不如一见

乔月半在惊蛰这里知道,原来这寡妇楼鱼本是女儿国国王,女儿国的国王不止她这一届,只是只有她这一届迎来了一个西去取经的和尚。

很寻常的一日,早晨微微下了小雨,窗前的海棠被风卷走了香气。楼鱼携着一身女王的威风从宣和殿走了出来,打发走了身旁的两个侍卫,走过一个拐角,女儿国的国王摇身一变就变成一个十八九岁爱玩爱闹的姑娘。

女儿国的京都叫女儿城,每日都很是热闹,每一条街巷都是不同的风景。楼鱼生在宫中长在宫中,还是当了女儿国国王之后才敢偷偷出来玩一玩,摆弄摆弄手指,楼鱼连次数都算得出来。

女儿城中的街道复杂交错,楼鱼对女儿城并不熟悉,东街西街地走了一遭之后就迷了路,不知为何竟然走到了城郊女儿城的城门前。

本来楼鱼还很失落,心想着好不容易才能出来一次,竟然就要在迷路中度过,可当她抬起头看到了梵奘的时候,所有的失落就都烟消云散了。

梵奘没拿禅杖,身上也没披袈裟,是个清明白净的小和尚。梵奘的眼前是一片没有出路的花丛,他站在那里因为找不到出路而着急。花丛是进城的必经之路,和尚似是不愿意踏花而过。

楼鱼虽然生在女儿国,可她还是见过男人的,她并没有如狼似虎一般地扑上去,而是背着手悠哉地走过去,站在花丛的另一头,扬着下巴故作姿态地对小和尚说:"你要过来吗?"

小和尚点点头,看到楼鱼如见救星一般:"还请女施主指条明路。"

"我们女儿国的人都是飞过来的。"说完,楼鱼背着手,迈着八字

步走到不远处阴凉的亭子里欣赏小和尚着急的模样。

小和尚急得头上冒汗，对不远处凉亭里看热闹的楼鱼说："在下梵奘，不知何处得罪了女施主，若是有失礼的地方还望女施主见谅，放过贫僧这一次。"

楼鱼呆愣着听完小和尚的话之后，大脑也有好一会儿处在空白的状态，然后拍着大腿就笑了起来，一边笑还一边说："你这小和尚太有意思了。"说完站起身大步流星地上前踩过花丛，扯过小和尚的胳膊转身又利落地踩着花丛出来。

站在满头是汗的小和尚面前，楼鱼意味深长地说："我听母辈们说男人胆大，可今日一见小和尚却觉传言有虚。"

小和尚被说得羞愧，看了一眼被楼鱼踩过如今又顽强站起来的枝丫，说："阿弥陀佛，万物皆有灵，虽是花草，但我也不忍伤害它。"

"你这意思是说我残忍呗？"楼鱼抖了抖裙子上的杂草，走回凉亭跷着二郎腿坐在梵奘身前。

梵奘听后忙摇头："女施主你误会了，贫僧我并无此意。"

"那你什么意思？"

楼鱼故作凌厉，其实看到梵奘这副呆头呆脑的模样，心里都要乐开花了，却仍板着一张脸说："你一个和尚来我女儿国作甚？难不成是来寻欢的？啧啧啧……现在的和尚，真是不能小瞧了去！"

梵奘听后又慌又乱，从小就受佛家教诲的他哪里听得了这种话，脸红到耳根，支支吾吾也说不出个所以然来。

楼鱼见小和尚这副模样，顿时笑得开怀，一肚子坏水的她还不想放过梵奘，踢着脚前的石子一副审犯人的模样问梵奘："你哪儿来的？来我女儿国干啥来了？"

梵奘还是第一次看到如此胆大的女孩子，结结巴巴了好一会儿才说明白。原来是西天取经的和尚路经此地，求一个通关文牒。

得知了和尚的目的，楼鱼眼珠转得狡黠，一本正经地对和尚说："我们的女王可厉害了，你要是想拿通关文牒可不是件容易的事情。好歹咱俩也相识一场，你们佛家说得好，相识即是缘，看在这情分上，我就不辞劳苦地帮你一把吧。"

楼鱼把小和尚忽悠得一愣一愣的，小和尚听了这番话对着楼鱼连连道谢，若不是个和尚，估摸着就要以身相许了。

楼鱼背着手风光地走在前面，这个时节的海棠花满街飘香，微风把少女的薄衫扬起，拂过于眼前，带着无声的邀请。

小和尚始终心无杂念地跟在楼鱼的后面，低着头摆弄着念珠，薄唇一张一合，诵着不知名的经。

楼鱼把小和尚安顿在一个开满了花的园子里，跟梵奘说："我们女儿国的女人会吃人，你最好不要乱走。"

小和尚听话地点头，见楼鱼要走便上前一步追问："那我何时能见到女王拿到通关文牒？"

"实不相瞒，我现在正在女王的身边任职。你们佛家有云相识即是缘，看在你我相识一场的分上，我也不瞒你，你这样来路不明的人，最少需要二十年才能拿到通关文牒。"楼鱼说得煞有其事，看着梵奘一副"你不用太感谢我"的模样。

小和尚听后急得直冒汗，在布袋里拿出一些楼鱼看不懂的东西对她说："我不能耽误太久的，这些……这些足以证明我就是奉王命从东土大唐前去取西经的梵奘。"

"谁知道是不是你伪造的呢？"楼鱼说得漫不经心，然后捂着嘴一副是我说错话了的模样。

她看着小和尚，贼眉鼠眼地笑着说："我胡说的，你别放在心上，我是相信你的。"

小和尚天真，听到楼鱼这么说就抬起头看她，一双眼中泪汪汪的，也不知是急出来的眼泪还是对楼鱼感激的泪水："真的？"

楼鱼点点头，然后伸出张开五指的手放在梵奘面前："给我点时间，我一定帮你搞定女王。"

小和尚左右看了看，问楼鱼："五天？"

楼鱼神色傲然地摇摇头，嘴角还带着坏笑。

和尚又问："五个月？"

楼鱼皱了皱眉，心想，又蠢又笨，这一路是怎么没被妖精当作点心吃了的，我就多留你几年好好玩玩儿，让你长长记性。

和尚大惊，问："难不成是五年？"

楼鱼收回手指，吹着指尖的灰尘，叉着腰肢睨着梵奘："怎么？嫌久？"说着，她大手一挥，转身就要走，"嫌久你就等二十年后再走吧。"

小和尚连忙三步并作两步地迎上去，对着楼鱼连连示好："女施主勿要生气，是贫僧愚钝辜负了女施主的一片好意，若是女施主慈悲为怀，劳烦帮贫僧一把。"

楼鱼抠着耳朵，听梵奘这么说这才满意，伸手拍了拍他锃光瓦亮的脑门，转身神气十足地离开了。

❸ 以你我二人之间的交情我这忙你帮不帮

梵奘并未如楼鱼所说那般在女儿国里住上五年，他只住了三年的时间就离开了。

在女儿国的这段时间里,梵奘对楼鱼可真是百求百应,说东不往西般的乖巧,生怕有什么事儿惹恼了眼前的姑奶奶拿不到通关文牒。

楼鱼虽然是皮了点,但也很是照顾着这个呆呆傻傻的和尚,隔三岔五地就给梵奘拿些好吃的打打牙祭。日子久了别的倒是没有什么变化,就是那梵奘圆润了不少,看起来更招人喜欢了。

"女施主,敢问贫僧的通关文牒,何时才能拿到?"今日楼鱼又来了梵奘住的宅子,一推门就听见梵奘问着百问不厌的问题。

楼鱼觉得自己的耳朵都要听出茧子了,抠着耳朵反复确认之后用脚钩过来一把椅子在梵奘身前落了座。注意到梵奘的问题,楼鱼一边给自己倒茶一边神气十足地说:"叫我楼鱼。"

梵奘听了这话,抬头看楼鱼一眼,而后点头应道:"楼鱼女施主。"

楼鱼强调说:"没有女施主三个字。"

梵奘点头应下,童叟无欺的模样看着楼鱼,说道:"楼鱼施主。"

楼鱼僵在那里,十分认真地考虑是不是要给梵奘请个太医来看看脑子了。

但事实证明,梵奘的脑子没有问题,因为他很快就发现,楼鱼就是女儿国的国王。

梵奘得知楼鱼就是女王之后很是生气,虽然这些日子下来已经生了些许情分,可他还是一甩袖子说道:"贫僧如此信你,施主你怎能如此欺骗贫僧?"

"我骗你什么了?"楼鱼坐在椅子上抖着腿,嘴上还叼着不知道从哪里拔来的枯草。

"你……"小和尚说出一个字后就说不出什么了,仔细想想,这楼鱼确实没骗他什么，是他没问而已。

话在嗓子里哽了半晌，和尚与这楼鱼相处了三年竟然也学会了她的无赖语气，拿出通关文牒在楼鱼面前铺平，梵奘说："相逢即是缘，更何况你我二人已经相识三年了，按你我二人之间的交情，我这忙，你帮不帮？"

楼鱼心想，你一个小和尚来了三年连脾气都变了，连"交情"这种话都会说，还敢跟我打人情牌。

"相逢即是缘，更何况你我二人已经相识三年了，我有事了，你帮不帮？"

小和尚也是被楼鱼给气急了，听她这么说，想都没想就一拍胸脯，白皙的脸上红扑扑的十分好看，坚定道："帮！"

楼鱼也站了起来，拍了拍梵奘，一副江湖儿女就当如此爽快的模样伸手拍了拍和尚的肩膀，然后说："好！"

和尚扬着眉毛，一副愤慨激昂的模样。

楼鱼接着说："娶我。"

和尚以为自己听错了，扭头问楼鱼："什么？"

楼鱼面不改色："娶我。"

梵奘自小出生在佛门，一心向佛，对儿女情长那些事，并不大上心。听了楼鱼的话后，梵奘十分痛快地拒绝了楼鱼："我乃出家人，怎能破那红尘戒，女施主还是放过贫僧吧。"

"你可想好了，今日要是错过了我，日后我保证你再也找不到比我更招人喜欢的姑娘了。"楼鱼倔强地把下巴扬起来，不服输地说道。

梵奘点点头："贫僧在入佛门时就已经想好了。"

"那好，你走吧，走了之后，就当我们从来也没见过。"楼鱼也是个犯倔的人，说着就拿过玉玺在梵奘的通关文牒上印了下去。

那般潇洒利落，看起来一点都不像是会后悔的模样。

"贫僧先替佛主谢谢女施主了。保重。"说着，梵奘竖起右手在胸前，对着楼鱼行了一个佛家之礼，拿过盖有女儿国玉玺的通关文牒转身就走，剩那姑娘一人在原地，痴痴地望着他。

故事说完的时候，窗前飞来一只白玉鸟打断了乔月半的思绪。

惊蛰伸出手让白玉鸟停在臂弯之上，从白玉鸟的口中接过佛珠，用勺子舀起焚香炉中的灰烬把白玉鸟喂饱，酒足饭饱的白玉鸟扑扇扑扇翅膀，顺着窗户再次飞了出去。

画师把佛珠锁进了那在天地间可纳百宝、藏百味的百柜之中。所谓的纳百宝便是容纳百件宝贝，这藏百味便是收藏人世间的百般滋味。倒也通俗得紧。

"你这小情人也太没情调了吧，人家都送手帕啊、玉佩之类的东西，谁家的姑娘这么不解风情，送了你一串佛珠？"乔月半耷拉着眼皮坐在床上，看着画师手中的佛珠说风凉话。

"小心遭天谴。"画师说得平淡，乔月半听着也不屑。可画师真不是和乔月半扯谎吓唬她，这串佛珠的主人，可是个不得了的大人物。

乔月半才不关心那些日后的事情，一心惦记着楼鱼和梵奘后来发生的事情。

画师也看出了乔月半的心思，慢条斯理地坐回了榻上，对乔月半问："你不听话，下面的故事就别听了。"

乔月半睁大了眼睛，一副无邪的模样对着画师装乖。

画师早就看够了乔月半这一副无辜的模样，一盆凉水泼过去："跪下来求我,我就考虑考虑。"

乔月半"呵呵"了一声,"哗啦"一声就站了起来,打开柜子,随便扯过画师的一件衣裳套在身上,就赤着脚走了出去。

楼鱼拿着衣服正准备过来,远远地就看到赤脚而出的乔月半,身上松松垮垮地裹了件男儿的袍子,楼鱼不禁惊呼不愧是惊蛰养的猫,和惊蛰一样不修边幅。

❀④❀那可都是肺腑之言啊!

看见了楼鱼,乔月半转了个身又走了回来,紧紧抓着楼鱼问:"后来你和那个和尚发生了什么?怎么好端端的,就守了寡了?"说着,乔月半的眼里还露出几分惋惜的神色来,看着楼鱼摆出一副同情的模样。

楼鱼很惊讶这个刚变成人形的小猫竟然知道这么多,看了乔月半一眼,将往事一笔带过:"后来他走了,便是真走了,那日一别之后,我再也没见过他。"

摆弄摆弄手指仔细算了算,他们究竟有多少年未见过了,却是记不清了,楼鱼又把手收了回来。

"那你怎么知道他死了?"乔月半哪里知道男女有别这种事情,当着画师的面就脱了衣服拿过楼鱼带来的薄衫穿上。

楼鱼听后愣了一下,好一会儿才反应过来,坐在榻上笑了好久:"谁说他死了啊!他只是去了西天。"说完,楼鱼自己也觉得语言上有点矛盾,点点头承认了乔月半的话,"我就是因为他去了西天才自称寡妇的,说到底,也算是死了吧。"

"就是我第一次遇见你那天,他去了西天,被封为旃檀功德佛。"

转过头,楼鱼看着乔月半得意地问,"你还记得那天的佛光吧?那是因为他受封发出来的。"

乔月半吓得脚下一个趔趄,抬起头看着眼前整日风风火火在客栈从楼上跑到楼下的俏寡妇,结结巴巴地问:"你还和佛谈过恋爱?"

楼鱼摆摆手,说得谦虚,脸上却是满满的得意:"哎呀!也不算是谈恋爱啦!只是我暗恋人家而已。"说着,楼鱼板起脸来,握拳在嘴边咳了咳对着乔月半摆摆手,乔月半听话地把耳朵凑过去,"人言可畏,我和梵奘身份有别,你不能乱说知不知道?"

乔月半一脸崇拜地看着楼鱼,一个劲地点头,晃得画师眼花。他伸手拎起乔月半的领子把她整个人丢到墙角,然后满脸堆笑地弯下身,靠近楼鱼。

"我有一段梵奘留给你的话,你要不要听?"画师一脸温良。乔月半看着画师这副模样,好一顿嫌弃,又想赚黑心钱了。

楼鱼知道画师是个拿钱办事的周扒皮,便斜着眼睛对他说:"我可没钱啊!"

"你不听就算了。"画师叹了口气,说得漫不经心,"唉,几千年了,我可是第一次见到一个佛说这种话。"

"啪"的一声,楼鱼手腕上一直戴着的蓝色宝石被拍在了画师面前的桌子上。

楼鱼黑着脸:"就这么多钱了。"

画师倒了杯清茶递给楼鱼,满脸遮不住的精明,仿若没听到楼鱼的话一般:"这茶不错。"

"啪"又一声,楼鱼眉心的坠子落入了画师的身前。

"我就这么点家当了。"楼鱼瞪着画师,一张倾国的小脸比外面的天还阴沉。

乔月半对那眉心坠子十分感兴趣，便往自己头上戴，照着镜子满心欢喜的模样。画师见了，才开口："佛家有云，相逢即是缘，你我二人也相识……"

"你能不能不磨叽？"

又是"啪"的一声，乔月半闻声望过去，却没见楼鱼扔什么东西过来，她只是站着，手心微红。

画师没搭理楼鱼，继续叨叨："你我二人也相识这么久了，看在这么多年交情的分上，我就做一笔亏本买卖。"

画师转身打开一个匣子拿出刚刚白玉鸟叼过来的佛珠，抓过楼鱼的手腕将佛珠放在她的手心里："几日前我见过他，他对我说百年前他留了两样东西给你，一个是你一直带在身边的佛经，还有一个就是这串他挂在海棠上没敢亲自交给你的佛珠。"

楼鱼轻轻摊开双手，每一粒佛珠上都刻着梵文，抬头看向画师，画师轻轻提了提嘴角，笑而不语。

⑤ 他找我办事，一个一穷二白的和尚又能给我多少报酬

有一日，乔月半起来刚坐起身，就顺着窗户看到了对面握着佛珠哭得楚楚动人的俏寡妇。画师见自家的猫姑娘看得出神也站过来顺着她的目光望过去，沉吟了半晌后道："她应该是译出了佛珠上的梵文吧。"

乔月半听后仰头看着画师，问："你怎么知道？"眼珠一转，乔月半鄙夷地看过去，"难不成你偷看了？"

"在你眼里我就是那种人？"画师睨着乔月半，抖了抖袍子一副正

人君子的模样,继续说,"我直接问了梵奘。"

"你问梵奘,他就告诉你了?"

"他找我办事,一个一穷二白的和尚又能给我多少报酬,向我透露一点情话不应该吗?"听说梵奘在佛祖面前表现甚好,每日诵经念佛,做一个和尚该做的事,没有半点出格,规矩得很。

"情话?"乔月半抬头看一眼哭得泪眼汪汪的楼鱼,又想起梵奘的身份,有些惊讶。

画师倒了一杯对面寡妇酿的酒,唇齿之间满是余香,入了喉后满是辛辣,像是那些痴男怨女穷尽一生苦苦追求的情。

点了点头,画师轻轻地"嗯"了一声。

"那、那串佛珠上究竟刻了什么?"

画师的手顿了一下,伸手将窗户关上不去看楼鱼的泪水。他端起一个杯子也给乔月半倒了一杯名为"女儿情"的酒,一时之间满屋都是沁鼻的香。

张了张嘴,画师用好听的声音将那串佛珠上刻的话说出来:"若有来生。"

"他想对楼鱼说的话是,若有来生。"

第二章
/ 故人归

姻缘这种东西,
冥女汤也洗不干净的,
只有自己斩断了才好。

❰①❱你对我那么好,怎么舍得我被人打死在赌坊里

画师的铺子开得早,刚刚推开门乔月半就踩着银铃儿三步一扭地捏着手绢远远地走了过来,像是那花街中家道中落了的官家小姐们。

画师看了碍眼,"砰"的一声又将门关上了。

"惊蛰。"乔月半上前拍了拍门,嘴里还叫着画师的名字,额前的坠子随着乔月半的动作还在额前晃了晃。

远处走来一位头上戴着一支凤头钗的雍容婆婆,乔月半见了灵机一动:"惊蛰,你再不给我开门,我就要被人掳去做媳妇了。"

窗户被支开一条小缝,画师修长的手指伸出来,掌心一松掉落两个铜板。

"嫁妆。"

雍容的婆婆上前捡起画师扔下来的两个铜板问乔月半:"姑娘,这可是你的?"

"婆婆您收着吧,我去找楼鱼姐姐。"说完,乔月半对着断楼的雕花木门狠狠地就是一脚,然后转身走去楼鱼的店里去歇歇脚。

这也不能怪惊蛰不给乔月半开门,昨夜她在华桑那里挥金如土,一挥就是一夜,断楼的老本都让乔月半给输了出去。

今日一早画师还没开门做生意,一群人就结伴过来要钱了。画师不给,他们还要砸店,若不是画师看得紧,店里的宝贝恐怕都要让那帮蛮人搬了去。

乔月半和画师赌气,在楼鱼那里一住就是三天。晚上画师过来打酒,随手扯了个台阶给乔月半铺在脚下,就等着她下来呢。可乔月半一个刚成人形的猫哪里懂得人情世故,对画师盛气凌人道:"你一个吃供奉的冥君,要那么多俗世的东西作甚?"

画师听后没什么动作,转身对楼鱼说:"楼鱼你不要给她钱,我一个吃供奉的冥君,没钱还你。"

乔月半一听这话觉得惹毛了画师可不太好,站在二楼楼梯口面对着楼下的画师就扑了过去,给画师扑了一个趔趄不说,手中的酒还洒了大半。

当下画师就 了毛,他对乔月半吼道:"你没有腿不会自己走下来吗?!"

乔月半从裙摆里踢出腿来,这几日在华桑的赌场混迹久了,也不知哪里学来的口音,张嘴就是一句东北腔:"你瞎啊!"

画师瞪着圆溜溜的眼睛,扬着眉毛把老脸都憋得通红,愣是没说出一句话来。

画师正憋着话说不出来呢,乔月半就面色一变,一副小可怜的模样:"惊蛰,你对我那么好,你就舍得我被人打死在赌坊里。别生气了,别生气了。"说着蹭了蹭画师的脖子,七手八脚地挂在他的身上,改不掉猫的习性，伸出舌头去舔画师的脖子。

大庭广众的，客栈里的食客们、住客们都把看热闹的目光射过来。画师算是明白了，自己这是养了个无赖。

扯了乔月半一把见她不愿下来，画师索性破罐子破摔，也任由她挂在身上，喝了一口酒，整理了一下领口，抬起头当着众人的面就这么拖着乔月半昂首阔步地离开了。

❖②❖ 这天上地下有这能耐的人，只有惊蛰公子你了

祁男在断楼门口等了好一会儿都不见那传闻中的鬼界仙君、仙中鬼怪，本以为是消息有误，那人根本不在这里，转身正要走时，远远地就看到一个俊朗公子向自己走来。

那公子穿着石青色的袍子，领间袖口处露出里面月白色的底衬，上面游龙戏凤地绣着《山海经》内的百兽，整个人华贵得很。

祁男不认得惊蛰，却认得惊蛰身上的百兽袍，心里想着，这人还真如传闻一般肆意得很，百兽袍这样人人窥视的宝贝竟然就这么被当作打酒的衣衫光天化日地穿了出来。

又看到画师身上挂着的一脸得意的无赖少女，祁男真是好一会儿都没反应过来，还是画师推门的声音叫醒了他。

好似看不出祁男的身份一般，画师目不斜视地望着前方，一张脸上还有没散开的不爽，冷冰冰地对祁男说："有钱说事，没钱滚蛋。"

祁男摸了摸兜，虽然没钱，可还是进了屋。

乔月半这时已经从画师的身上下来，站直了身子看到祁男的时候笑得满脸桃花："哟！小哥来我们店里求桃花啊。"

祁男沉吟了半晌，然后点点头："也算是吧。"

乔月半一愣，她只是学着花街里的老鸨随口调戏一句，没想到还真是。

画师侧头看了一眼祁男，给这位表面看起来虽然穷得兜里没有半个铜板，实则富得流油的贵客倒了杯茶，不咸不淡地说："后日你的九劫就要渡完，回去继续做你的祁男仙君，若是求姻缘你也应该去找月老，来我这断楼作甚？"

"这事儿月老帮不了我，我想了想，这天上地下有这能耐的人，只有惊蛰公子你了。"

画师见人说人话，见鬼说鬼话，如今碰到了祁男这样能耐的人物来求事，心里也想到了，他应该是穷途末路，只有自己这一点希望尚存着呢。

于是，画师笑一笑，丝毫不刻意隐藏一脸的算计，说着："仙君，那些民间八卦可信不得。"说完伸出手指向一旁荡着双腿吃栗子的乔月半，煞有其事地说，"没看到我连她这一只好吃懒做的猫都弄不明白吗？"

乔月半被人讽刺了很不乐意，听画师这么说，乔月半索性伸手拿过一个栗子啪地扔在了画师的脸上，然后转过头看着祁男，吹了吹掌心，大刀阔斧地把一条腿搭到了榻上，继续以一个别扭的姿势剥栗子。

画师脸一黑，觉得自己真是自讨苦吃，养了乔月半这么一个小祖宗。

抹了一把脸，画师故作镇定地问："仙君因何事来我这断楼？"

"我想找我第三世的恋人。"说话间，祁男扯起嘴角笑了笑，恍惚间还看得到那女孩在自己的身前，笑如夏花。

沉默片刻，他才说："如果活着，她今年应该八十岁了，姓胡，当年我认识她的时候，他父亲在朝中当官。"

"你历尽了九世劫难，你告诉我们第三世的恋人很有可能还活着？"画师及时捂住了一脸憧憬正要问问题的乔月半的嘴，率先出声询问。

说起这件事，祁男仙君的脸上闪过不止一个羞赧，脸红了好一会儿，也有些不好意思地说："这九世之中，我只有一世活过了二十岁，甚至有一次我还没活到三岁就夭折了，所以她还活着这种事情也不是没有可能。"

画师和乔月半听后一起感叹，这九世的寿命可能还没有人家长命的人一世的寿命长。

"那你好歹也经历了九世，怎么偏偏对你第三世的恋人念念不忘？"乔月半眯着眼睛笑得猥琐，"难不成只有那一世的姑娘美得跟个天仙似的？"

提起这个，祁男仙君的脸更红了，在心里犹豫了好一会儿才下定决心说出来："其实，这九世我只有四世为人，第一世和第二世都投成个姑娘，也都不过八九岁就夭折了。后来第三世时我遇见了她，再有一世就是这一次了。"

"当我恢复了仙格，有了这九世的记忆之后就十分放不下她，想要再见她一面。"说着，祁男仙君侧过头看向猫姑娘，见她眉心的坠子下有一抹朱砂若隐若现，像是那鱼目珠子一般的血红。

虽然一直都觉得这猫姑娘看起来不对劲，可还没彻底恢复仙格的祁男仙君还是没发现什么端倪，直到他看到了乔月半眉心的朱砂。

原来是鱼目珠子，那般邪气的东西竟然在这小姑娘的身体里，当真是有趣。

于是他便明了，扯起嘴角抬头去看那惊蛰："你是惊蛰，一些事情不用我多说。今日你帮我了结了这桩心事，隔日我助你那姑娘永驻人身，可以不用被那珠子给吞去。"

画师抬眼看了一眼乔胖儿，她正专心地吃着栗子，一脸的憨样，只有眉心的那一颗朱砂,透着妖异。

于是他也没再犹豫,说着:"成交。"

❁3❁偷看了我一年,你是不是知道我喜欢你

祁男认识胡尔兰那一世,他还不叫祁男,那一世他姓李,双字名,叫弘方。

李弘方当时是一名年少有为的将军,刚过二十岁的年纪就已经立下了赫赫战功。

战火一烧就是十年,民不聊生,居无定所。两国商议之后都不愿再伤及百姓,便提出了休战。

李弘方回到了成秋国,遇见了刚过笄之年的官家女儿胡尔兰。

那时胡尔兰站在众多官家女儿之中并不出挑,可小小的个子却满是机灵的模样。不知怎的,李弘方就喜欢上了人家,整日整日地找着机会躲在角落里偷看人家,也不怕被人家姑娘当作什么奇怪的人抓起来。

大约一年之后吧,李弘方按照往日的时间来到胡尔兰平日总是来玩的秀坊,却没如往日那样看到胡尔兰的人。

李弘方正纳闷着胡尔兰是不是突然出了什么事,转身正想走时,身后的门"砰"的一声被关上。

李弘方闻声望过去,映入眼帘的是胡尔兰明媚的笑脸:"偷看了我一年,你是不是知道我喜欢你?"

她喜欢我?李弘方的脑袋有那么一段时间都呈一片空白的状态,半晌后才不敢相信地问:"你说你喜欢我?"

她说得理所当然:"对啊,大名鼎鼎的少年将军,谁不喜欢啊?"

心里一阵失落，李弘方叹了口气，略有些黯然地问："只是这样吗？"

少女听后嘟着嘴，赌气一般坐到一旁："那还能怎样？"

说罢，胡尔兰也是看出了这李弘方是个呆子，用着恰好的声音，听起来好似独自言语一般地说："难不成你还想要女儿家先表达心意？"

峰回路转，故事的情节绕过一弯又一弯，这样的大起大落可把李弘方的心颠簸得不像样。

李弘方满脸挡不住的欣喜，就差要高兴得蹦起来，绕到胡尔兰身前结结巴巴地问："你……你喜欢我？"

说完意识到不对，他立马改口："啊！不对！不对！是我喜欢你。"

看着眼前少女那一脸"你总算开窍了，我很是欣慰"的神情，李弘方也镇定了下来，重复了一遍："我喜欢你。"

"我都不敢想，我要是不站出来，你会偷看我到什么时候。"上前抱住李弘方，胡尔兰在他的怀里一边哭一边挥着小拳头不疼不痒地打在李弘方的身上。

李弘方满脸的幸福快要把这间屋子撑破，他抱着怀中小小的姑娘，指尖轻吻她柔软的发丝，一遍一遍地说着："对不起啊，让你等了我这么久，以后不会了。"

"真的吗？"

"真的。"

可是命不由人，天意难测，一些承诺，只能是徒劳。

不过两年的时间，战火就又燃了起来。

此时李弘方已经去胡家提了十六次亲，也不知是何原因，胡家无论如何都不肯答应。但胡尔兰依然与李弘方要好，并且还私订终身。

第十六次提亲那日夜里，战火烧了过来，边境两座城池连续失守，圣上连夜召集众将士带兵御敌。

李弘方年少有为，骁勇善战，作为副将也一同远征，但他心里挂记着的，并非远处战火嘶鸣的战场，却是此时应当睡得甜甜的爱人。

有马蹄声响，模模糊糊地，李弘方听到有人唤他的名字，在身后，满是急切。

前行的大军停了下来，漆黑的夜里，少女遮寒的衣袍被风扬起，一时之间看不清她的脸，但李弘方却认出了来者是胡尔兰。

"这么晚了，你怎么来了？"

"我来问你，你今天的提亲还算数吗？"

李弘方想说当然算数，但话到嘴边却又咽了下去。战场上刀光剑影，从生到死也不过是一个刹那，他不敢再对胡尔兰说些什么。

胡尔兰却是抹了一把脸上舍不得的泪水，拿出今日提亲时李弘方已经送了十六次的彩礼凤头钗，胡乱地插在了已经凌乱的发髻上。

在身上摸了摸，胡尔兰也摸不到什么当作定情信物，便把脖子上的一块碎玉用牙咬断，伸出手强行地拉出李弘方的手把小小的碎玉塞了进去："我不管！你的定情信物我收了，我的定情信物你也拿在手上了，这门亲事你就别想推了。我在这里等你，等你回来娶我。"

即便是天黑看不清楚，姑娘也是羞得不得了，转身握住缰绳就要马上离开。

李弘方倒是伸手一把扯住了胡尔兰的胳膊，黑夜里模糊地看了她半响后，他笑得开怀，点头应道："好，我定会回来娶你。"

"那就这么说定了。"

"嗯。"

可是，祁男这个九世短命鬼哪里还有命回来，那夜模糊的视线里的身影，是祁男对胡尔兰最后的记忆。

❹ 今日政务繁忙，等我来日再来看你哟

画师带着乔月半去了一趟西冥府，他觉得有关胡尔兰的一切，只有这掌管着一切虚无的西冥府才能有办法帮忙找到。

爱恨情仇、嫉恨与善良、执着与洒脱，都是虚无的一切。当年胡尔兰与李弘方爱得那么难舍难分，西冥府的西冥铺里一定会记载下来。

其实一些人类本该拥有的情绪本不害人，可总有人执念太深，难以释怀，所以一些本该虚无缥缈的情绪便会化为人形。

一切化成了人形的虚无之情都被叫作虚，因为一些虚会打扰人间的生活，所以就有了这掌管着虚的西冥府。

倚栏坊里的老板——美人华桑也要去西冥府里办事，途中竟然与画师和乔月半碰到。

画师看到华桑可是很不高兴的模样，冷着脸对他说："你这纨绔，日后不要来找我家乔胖儿，你都把她带坏了。"

华桑是个高挑俊俏的男儿，一身锦布红袍总是松松垮垮地穿在身上，长眸一挑，傲慢又无理。

他生得俊俏，是这凉京城内的"城花"，惹来一帮待嫁的姑娘整日守在门前也就罢了，居然还惹来了一帮好胆子的儿郎对他朝思暮想。

如今听画师这么说，那张美面倒是满脸不高兴："换了那么多双眼睛，怎么还瞎得看不清是非。你家姑娘自己往我店里钻，还怪我的店开得太热闹了？"

说着几人已经进了西冥府，华桑在西冥府里买了处宅子，里面倒也

没养什么奇怪的东西,不过是养了一堆看不开的虚而已,嫉妒有之,不甘有之。

乔月半心心念念着华桑整日与她吹嘘的宠物,却被惊蛰硬拖着办正事儿去了。

路过冥女的铺子前,冥女看到乔月半倒是惊呼了一声,手中的汤都洒了大半,淋在西冥府的地上,发出刺啦的声响。

冥女上上下下打量一番乔月半,然后去问惊蛰:"这哪儿来的小姑娘,身上的怨气怎么这么重,我堂堂西冥府瞧见了,都要甘拜下风。"

说着,冥女看向乔月半,带着一脸可惜了的表情。

背着这么重的怨气,十个有九个都是短命鬼。

乔月半倒是没事人一样坐在了冥女身前摆放了千年的椅子上,摇着冥女整日拿在手里把玩的蒲扇,还要风骚地眨眨眼。

这副轻佻的模样,真真是跟倚栏坊里的姑娘们学得惟妙惟肖。

冥女刚想问从哪里弄来这么一个勾魂的美人,就听乔月半说:"冥女你好生没良心,前几日还抱着我温言细语地说着情话,这才几日就不认得奴家了。"

得!这话想必也是在倚栏坊里学会的。

"乔胖儿你别嘚瑟,后面还有好不容易决定忘记前尘的虚等着喝汤呢。"一把拎起满脸风骚的乔月半,见她耍着无赖就是不走,惊蛰直接大手一挥,乔月半只觉得天旋地转,等反应过来时人已经被扛在了肩膀上。

乔月半一边对冥女眨着眼睛,一边还用手掌触碰嘴唇之后不断地撒着飞吻说:"孟姑娘,我是惊蛰养的那只美少猫。今日政务繁忙,等我来日再来看你哟!"

冥女与惊蛰也是老朋友了。惊蛰养这只猫的时候,第一只老鼠还是冥女送过来的，没想到啊没想到，当年看到老鼠一蹦三尺高的活泼小乳猫如今竟然变成遍地撒桃花的风流少女。

叹了一口气，冥女不禁觉得，这人世间真的太可怕了，好好的小乳猫都被折腾成什么样了。

伸手舀了一勺汤扣进碗里，伸手接过眼前一只虚好不容易从身上翻出来的碎银子，冥女在掌心内掂了掂，还是觉得西冥府比较好，随便弄点盐拌白水的营生都能一做就做这么多年。

西冥府中与惊蛰交好的冥官叫莲青，是个面容姣好的公子，除了皮肤白得有些瘆人以外，还真挑不出什么其他的毛病。

乔月半也玩累了，乖巧地站在惊蛰的身旁，莲青目光望过来她也不躲着，对着人家眼波流转地笑了一下。

莲青还以为是哪里乱跑出来的虚，拿出锁链就要将乔月半锁住。

乔月半见状也不怕，反倒问莲青："什么时候冥官莲青也干起无偿的活计来了？"

随手拿过一本《西冥录》翻了翻，乔月半一屁股坐在了莲青的桌子上，双腿交叠在一起，像刚刚戏弄冥女那样戏弄莲青。

莲青盯着乔月半看了半晌，又看一眼站在一旁的惊蛰，见他的怀里少了往日总是用鼻子看人的小猫，便笑着问乔月半："你何时修了人身，怎么也不告诉我一声，我好去看看你，给你送两斤上好的灰老鼠过去。"

提起那些老鼠，乔月半就气不打一处来，当初也不知是谁对惊蛰张罗着说猫吃老鼠天经地义，害得乔月半吃了半年的老鼠。

莲青、冥女这些惊蛰的好友来串门时都不提着其他的东西了，随便逮两只肥老鼠就进门了，一攒就是半年的口粮，现在提起老鼠乔月半就一蹦三尺高。

为免乔月半冲上去撕了莲青那张人皮，惊蛰对莲青说清来意的时候，一直都紧紧地扯着乔月半的手。

莲青远远地把可能记载胡尔兰事情的账本丢给惊蛰，心有余悸地看了一眼一脸阴沉的乔月半，跑得飞快。

◆5◆ 这世间给了我们一切，却又半点都由不得我们

胡尔兰还活着，还有几日就要过八十大寿了。

祁男看到胡尔兰的时候，她倚着一把贵妃椅，正在一棵老榕树下乘凉。她老了，头发早已斑白成银丝，皮肤皱在一起，脸上也出现了老人斑。

祁男走上前，强装镇定的他在看到胡尔兰头上的那一支凤头钗的时候忽然走不动路，所有的力气都灌在鼻尖汇成了酸楚。

胡尔兰听到声响侧过头逆着中午强烈的阳光望过去，迷迷蒙蒙地，她看到祁男的脸，怔了一下后，拍了拍身旁始终空着的一把木椅问祁男："小伙子，要不要过来坐坐啊？"

祁男点点头，木讷地挪过去，坐下来时目光擦过胡尔兰头上的凤头钗，他说："你头上的钗子很好看。"

胡尔兰伸手摸了摸头上的凤头钗，一张沧桑的脸上满是骄傲的微笑，对着祁男炫耀道："多年前我夫君远征之时送给我的定情信物。"

祁男在听到"夫君"的那一刻忽然握紧了椅子的扶手，头"嗡"的一声，像是被谁用锤子捶了一下。

"夫君？"祁男反问了一句。他不敢想，胡尔兰竟然就这么独自守着那份誓言，守了一辈子。

胡尔兰点点头，记忆一下子回到了好远的过去："是啊！夫君。当

年我的夫君是这凉京城中最年少有为的将军,好多小女孩都喜欢他,可他就喜欢我,还躲在一旁偷看了我一年。"说到这里,胡尔兰心满意足地笑了一下,转过头看向祁男,一双混浊的眼睛里满是遮不住的幸福,"小伙子,你说我幸不幸运,遇见了那么优秀的一个人。"

祁男不愿驳了胡尔兰的话,只好点了点头。

当年李弘方英年早逝,死在了战场上,害胡尔兰苦苦等待了这么多年。他实在是不觉得遇见李弘方是胡尔兰的幸运,若是他们二人从没遇到过,胡尔兰应该会遇到一个能与她相伴到白头的人,现如今也不会一个人孤独地坐在树下乘凉。

"可惜啊,可惜他去得太早。"仰头望了望湛蓝的天,胡尔兰叹了口气,"这世间给了我们一切,却又半点由不得我们。若是他还在,那该多好啊。"

"他一直都深爱着你。"祁男出声说。

胡尔兰侧过头看向祁男,点了点头,和蔼地笑了一下:"我知道。"

光影斑驳之间,胡尔兰又在祁男的身上看到了李弘方的影子,年少时的人儿啊,星眸剑目,英姿飒爽。

泪水忍不住涌出,片刻就将那眼眶灌满,点缀老妇人那满是沧桑的一双眼。

伸出一双干枯的手颤抖地触碰祁男的眉眼,在碰到祁男那只属于年轻人才有的紧致皮肤时,老人又仓皇地将手收了回来。

"你很像我的一个故人。"静了半晌,老人这么开口,对祁男说。

"你也与我的爱人一模一样。"

"胡说。"胡尔兰拿起一旁的拐杖站起来,"你这么年轻,你的爱人哪能与我这个老婆子长得一模一样。"

祁男笑,点头柔声说道:"真的一模一样。"说着,他刻意顿了一下,

"也不一样,你比她好看。"

"唉,老啦!"走了两步路,胡尔兰又说,"你就别哄我这老婆子开心了,我都是要过八十大寿的人了。"

"那……祝你能过得开心。"祁男望着胡尔兰佝偻的身影,哽咽了半晌后才说出一句完整的话。

老人停下脚步,转过头又深深地看了祁男一眼,一双混浊的眼里满是怀念。半晌,她笑了一下,问:"你要来吗?"

祁男摇了摇头:"我有事,去不了了。"

老人点点头,什么话也没说,佝偻的背影走得缓慢,一点一点走向离祁男更远的地方。

⑥ 姻缘这种东西,冥女汤也洗不干净

月末,天气甚好,几只闲下来的白玉鸟蹲在窗前的枝丫上看那屋中的一男一女,一人煮茶,指尖染香;一人妨碍男人煮茶,指尖几次碰那茶包又被男人拉着胳膊给丢远。

闹着闹着,从惊蛰已经松散开的衣衫内甩出一个绣工精细的布袋,乔月半好奇地打开看了一眼,里面是一支崭新的凤头钗,凤头钗上突兀地镶嵌着一块碎玉。

"怪不得你打了这么多年的光棍,想拿这种残次品送人家姑娘,人家姑娘能跟你吗?"

"这钗是祁男送给胡尔兰最后的礼物。"看着凤头钗上镶嵌着的碎玉,惊蛰说,"这玉是当年胡尔兰送给祁男的定情信物。"

而今祁男飞升之时又将这东西交与惊蛰之手,说话时,都要哽咽:"我

无法许她下一世了,这一世的情斩不断,下一世可是要遭罪的,你帮我还给她吧。"

乔月半不知道那么多,拍打着身上的灰,听后撇了撇嘴:"也是个狠心的男人,自己当了神仙就把过去的情事撇得干净,狼心狗肺!"

乔月半翻了个白眼,很是不屑。

"祁男也是为了胡尔兰好。胡尔兰是人,祁男是仙,人仙殊途,这情这爱,求谁都无用,注定无果。祁男不死不灭,胡尔兰却要历经轮回,这辈子的情事处理得当才不会影响到下辈子的姻缘,不然这一世没处理好的姻缘跟到下一世,就又要遭殃了。"穿上挂在一旁的衣袍,惊蛰帮祁男将礼物送出去。

"姻缘这种东西,冥女汤也洗不干净的,只有自己斩断了才好。"

"你经历过?"

"很久之前了。"

"我要听。"

"你还是先乖乖听话吧,华桑说你昨晚又输钱了。"

"胡尔兰的家住在哪儿啊?怎么这么远?"

"你不要转移话题。"

"呵呵!"

第三章 / 百世情

七情六欲，爱恨别离，
金山银山，美人英雄，
这一个走远，下一个很快就要来。
人这一生要拥有的太多，
没有什么是忘不掉的。

❖①❖惊蛰那满脸的理直气壮，顿时就烟消云散了

京城华王爷的小儿子叫华云琅，生了一副好看的眉眼，眉清目秀的模样却还带着几分英气，让人看了就喜欢。

几日之前不知怎么就来到了凉京，还遇见了乔月半。

乔月半这只老花猫就喜欢水灵的男孩子，看见了华云琅便喜欢得不得了，揉着捏着带着他玩遍了整个凉京。疯了整整三天三夜，终于在第四日的时候没地方可去了，辗转了一番之后，她带着华云琅迈进了惊蛰的铺子里。

惊蛰瞧见华云琅，便想到了那西冥府里整日等在桥头的女人。惊蛰总觉得，这华云琅和那女人要等的情郎，有几分相像，一时却也难以确认。

说起那女人，她叫冥女，卖着那释怀万物的凉茶，却怎么都放不下心里的小小情郎。有人问她姓甚名啥，她也只是笑一笑，不言也不语。

前几日带着那执念已了的胡尔兰去西冥府洗尽铅尘时，惊蛰还看到

那女人坐在桥头,对着谁都笑得美目流盼的模样。也不知在看见华云琅时,那女人是不是也还会像那时这般,笑得楚楚动人。

那时惊蛰问她:"你等到这一世的他了吗?"

冥女听后手中的茶碗一晃,只是低头笑一笑,晦暗不明的神色里,带着诉不尽的千言万语。

于是惊蛰就明了了。

这一生她攒下来的情话,还没讲给她的情郎听。

惊蛰还记得上一世那小子去喝茶的时候,冥女低头掩泪时模样里的酸楚,这已经不是惊蛰第一次看到这样的场景了,所以有一个问题,惊蛰也不是第一次问冥女。

他说:"冥女,你这般释怀不开,到最后不还是苦了自己,值得吗?"

那个女人总是无所谓地笑着,云淡风轻地讲道:"我只是想看他一眼,哪怕一生只有一面可见。"

面对这般的深情,语言总是显得无奈又苍白。

惊蛰说不出什么,只是祝她一句"安好"就转了身。

乔月半看到惊蛰回来了,狠狠地白了他一眼之后便起身领着华云琅走去楼鱼的小铺子里了。

明显是不待见惊蛰,和他坐一起都觉得膈应。

惊蛰愣了一下之后倒也是一副不在意的模样,跷着二郎腿坐在门前,抖着腿哼着歌,眼神也是不由自主地就往那猫姑娘的身上跑。

楼鱼不知什么时候靠在惊蛰身旁的门柱之上,望向乔月半与华云琅连在一起的身影出声说:"还真是女大不中留哟!"

"对垂涎人家美色的猥琐之人用这样文雅的句子,你也是太会糟践这些俗世的词。"

"说得这么好听,刚刚惊蛰公子还不是把飞醋吃得满天跑,望着人家乔妹的目光都怨念得好比那忘川里的水。"

惊蛰耷拉着一双死鱼眼望过来,萎靡的神色看不出平日里半点的精明:"那你觉得我做错了吗?"

楼鱼也没想,直接就说:"乔妹说得也没错啊,你一个吃供奉的冥君,享用那么多俗世里的东西作甚。"

说到这里,惊蛰的火就一下子蹿了上来,猛地站起来望着眼前空无一物的街道眨了眨眼睛又坐了回来:"那些俗世里的东西没了也就没了,只是乔胖儿一个姑娘家能不能少吃一点,你看她都胖成啥样了。我不就多吃了她一颗杏仁糖嘛,何必跟我生这么久的气。"

说着惊蛰摇起窗边的蒲扇,将头发扇得满天飞:"有能耐她就不要回来了。"

"乔妹和我说的不是这样的,"楼鱼风情万种地抱住双臂,半眯着眼睛看向自己客栈里来来往往的人,"她说你吃了她的杏仁糖,然后抓来一窝小老鼠放进了柜子里用来顶替杏仁糖的空缺。"

惊蛰的手一顿,那满脸的理直气壮顿时就烟消云散了,摇着手中的蒲扇,把风摇曳得更厉害了。

华云琅在凉京内买了座不大的宅子,乔月半自从和惊蛰闹了别扭之后就住在了华云琅那里。虽然大多时候都在华桑的倚栏坊内潇洒,来华云琅那里也不过是落个脚。

❨2❩ 守了千百年,只为那一世的一眼

华云琅的死在很多人的意料之中,惊蛰想起他身上的那股熟悉感,

那一身萦绕不散的相思里还隐隐地泛着冥女汤的香气。

他疑心华云琅的身份，便去了趟西冥府，路上恰巧遇见乔月半，正想开口打声招呼就被乔月半的一个白眼又给噎了回去。

惊蛰略委屈地眨了眨眼，把目光落在了远处的华云琅身上。

西冥府里阴森森的时不时就有鬼号传过来，如同响在耳边一样，华云琅就是在这样的鬼哭狼嚎之中一点一点地走去她的身旁。

是冥女，在路上，守了千百年，只为那一世的一眼。

说起冥女，其实她也是一只虚。不过和别人不一样的是，她是由自己幻化出来的。

兴许是因为她的本体觉得需要有一个人，能永远地记住她有多爱那个男人，于是西冥路里，就有了一个她。

乔月半挑了一个视野好一点的地方就停下了脚步，看到华云琅排在长长的队伍中，然后迟而缓地站在了冥女身前。

乔月半看得入神，也忘了自己身边站的是谁，只是问："死后的华云琅应该不归西冥府管，眼前的这一个，其实是冥女的执念吧？"

惊蛰点点头，看了一眼身边的姑娘，看着她这般出神专注的模样忍不住就笑了笑。

冥女舀汤的模样一如既往的干练利索，见来人扔了两粒银子，冥女就开始了她那万年不改的说教："七情六欲，爱恨别离，金山银山，美人英雄，这一个走远，下一个很快就要来。人这一生拥有得太多，便没有什么是忘不掉的。"

虽然这么说着，但眼前这姑娘啊，却比任何一个人都要放不下。不然怎会来到这里，等了一年又一年。

人的欲望无穷无尽，人的执念韧如蒲草。天地六界里，最脆弱的是人；

天地六界里，最坚韧的也是人。

矛盾，也可笑。

见眼前的人迟迟不说话，冥女抬头看了一眼，平日里那总是刻薄着的女人手一抖，将碗里的汤泼洒到了西冥府的地上，发出一串刺啦啦的骇人的声响。

那是她要等的人，容貌变了又变，但她还是一眼就认出了他。那一身萦绕不散的相思啊，都带着她身上的味道，陪着华云琅走过一世又一世。

就这么见到了，让她手足无措。

"这汤不新鲜，我再熬一锅新鲜的汤给你。"说着，西冥府中总是笑靥如花面对每一只虚的女人低下头来，碎发散下来遮住半张脸，挡住了她的泪目。

忽然间就有眼泪从眼眶滴下来，滴入汤锅里，再抓一把四大皆空撒进汤锅里，没一会儿一锅热气腾腾的释怀汤就熬制好了。

乔月半看不明白，惊蛰却是看得明白。

这样的事情只发生在华云琅每一次死亡的时候，冥女每一次等到自己的爱人就都会新熬一锅热气腾腾的汤给他，里面除了白水还有一个坐在迂回路上的女人的眼泪。

带着一世的爱和千年的等待，见了他一眼，为他熬了碗热汤。

喝完就要散，头也不回地走，要这姑娘继续等，坐在这路上。

于是她不想把汤盛出来，她只是低着头，鬓旁的头发便垂落在眼前，将她的那一双泪眸遮住。

很多时候，冥女都是恨自己的，恨自己不争气，恨自己放不下。可每当见到那一生只能看一眼的情郎时，却又欣喜，说着甘愿，说着无悔，还坐在这路上，只为了那一眼。

她不渴望爱情，那是太奢侈的东西，早已求不得。而今，她只是需要那个男人，也只是看一眼，就知足。

不断地用勺子搅拌着汤锅，冥女抬头望向华云琅，泪水还未干的眼睛里带着爱恋："我听他们说，这一世你叫华云琅？"

华云琅懵然地望着不知为何就哭了出来的姑娘，听她问自己话也只是乖巧地点了点头，并未多言语。

冥女笑笑，擦干眼泪抬头去看，将他眉眼好生打量，一点一滴记在心里。

今日一别，还有一世要熬，她需要记住他，在这一刻。

华云琅张了张嘴，问她："你这碗汤，多少钱？"

冥女说不出完整的一句话来，她能忍着不哭，已是不易，所以又逃避，躲开那温柔似水的目光。

她又盛出一碗汤，端在手里，颤颤巍巍地叫一声"云琅"，又笑笑。

那攒了一世的情话而今一个字也说不出来，她咽下那满腹的酸楚，抬头去看。

"先生，我这汤，不要钱。"说完这话，她向前递出那碗汤，扬起嘴角对着他笑，"你叫一声我的名字就好。"

"名字？"他不懂，反问回去。

"是啊，孟水琴……我叫孟水琴。"

华云琅也着实是不懂，却也乖乖照做，叫一声她的名字，圆她一世的梦在今日。

而后就要喝汤，那女人却站起来，重重地喊了一声"橘生"，拦下他的动作，抬头看向他。

冥女不好意思地笑一笑，哽咽着对他说了这一世最后的一句话："先生，我们来世再见，我还在这里，等着你，一世又一世。"

后来，那人喝了汤，化作片片云烟消散在冥女眼前。

那姑娘哭着，双手掩面，泣不成声。双肩颤了又颤，那些来不及说出口的情话，都顺着眼泪，随他而去。

❰3❱你爱我一日，我就挂你百世，我这人说一不二，不会骗你

乔月半能知道冥女的故事，还多亏了莲青《西冥簿》里的记载。

原来冥女坐在迂回路上，不是为了卖汤，而是为了等她的教书先生，而那教书先生自然就是这一世的华云琅。

当冥女还不叫孟水琴，也并非是冥女，而是委身在破庙里苦苦度日的小孩时，她就喜欢破庙旁私塾里的教书先生。

谁让教书先生总是有办法在怀里摸出点好玩意儿递给她呢，孟水琴也在自己平坦的胸前试过几次，除了失望也没摸出点什么。

天气好的时候，孟水琴就会搬来一把椅子放在墙边，然后站在凳子上踮起小脚越过高高的墙壁，去看隔壁谦逊有礼的儒雅公子。

那儒雅的教书先生知道偷看自己的小人儿，便会在怀中准备两块糖，闲下来的时候就过去逗逗她，偶尔还会把手臂穿过小孩的腋下将她抱到自己的院子中。

孟水琴机灵好动，水灵灵的大眼睛转一转，鬼点子就满脑子跑了，总是把私塾里其他的孩子欺负得哭鼻子。久而久之，孟水琴就成了私塾里的土霸王，除了教书先生的话谁的话也不听。

有一日孟水琴又闯了祸，将私塾里的一个小男孩欺负得哭红了鼻

尖,男孩子的家长找了过来,破马张飞地就要在孟水琴这个几岁娃娃的身上讨一个说法。

教书先生好不容易将事情压下来,抱过躲在自己腿后对着男孩家长背影直吐舌头扮鬼脸的孟水琴,摘去她头上的稻草,无奈地问:"你怎么这么皮呢?"

孟水琴嘴巴甜,听到教书先生这么问也没注意他是在问什么,脆生生地回答说:"因为先生教得好啊。"

教书先生哭笑不得地点着孟水琴的鼻尖,抱起她走进屋子里去给她洗去身上的灰尘:"你爹娘不回来了吗?"

"不知道。"

"那你怎么办?你这么小,一个人怎么生活?难道就一直在破庙里生活?冬天马上就要到了,到时会很冷的。"

"谁说我是一个人,我有先生啊。"孟水琴伸出胳膊,身子上前孟水琴便抱住了教书先生,也弄脏了他干净的袍子。

教书先生笑了笑,满眼都是温润,出声应了下来:"你若喜欢,那就随你,你叫水琴吧?我叫橘生,姓孟。"

小人儿也点了点头,真挚地说:"那我也姓孟,我叫孟水琴。"

橘生笑一笑,扯了条毯子裹在孟水琴身上就将她从水盆里抱了出来。

"跟着我很苦的,你不怕吗?"

孟水琴窝在橘生的怀里打了一个大大的哈欠,听到有人说话便揉了揉眼睛迷茫地望过去。

橘生见到小人儿这般模样也不问她太多了,低头亲了亲孟水琴的额头便将她哄睡了。

日子一天天地过去,门口的凤凰花开了又落,一转眼孟水琴就长成了个亭亭玉立的大姑娘。

附近的姑娘们都定了亲，对门王婶子家的女儿都生了娃娃，只有孟水琴迟迟不肯嫁。

孟水琴不着急，教书先生可是急得如同热锅上的蚂蚁，四处给孟水琴保媒拉线，愿她能找一个如意郎君。

孟水琴瞧见了不高兴，一日在橘生出门的时候上前一步拦住他，怒声质问："就让我陪着你不好吗？"

橘生还是如同往常一样揉了揉孟水琴的头发，话语里带着无奈和沧桑："水琴，你不懂。"

"怎么不懂？你不要再拿我当小孩子了，我已经长大了。"

"长大了，就要嫁人的啊。"

"先生想让我嫁人，那你就娶我啊？整日给我张罗着什么好儿郎，我看着天上地下，没有人比你孟橘生更好的儿郎了。"

橘生倒是一直都知道孟水琴的心思，自从孟水琴过了及笄之年之后，她给的暗示就越来越明显。

橘生只是装傻充愣装作听不懂，希望孟水琴有一日能放弃自己，却没曾想到孟水琴胆子这么大，竟然大大方方地说了出来。

橘生满肚子说教的话哽在喉间说不出来，孟水琴倒是瞪大了眼睛盯着他看，一定要橘生给个说法的模样。

橘生走开一步，孟水琴用手抓住他，目光里隐隐有了委屈："我究竟哪里不好，你就这么不愿娶我？"

橘生叹一口气："并非你不好，是我配不上你。"

"我都说你是最好的了！"孟水琴气得直跺脚，恨不得拿点什么敲醒眼前这个呆子。

孟水琴有些害羞地别过头，将情话一字一句说得铿锵有力："你爱我一日，我就挂你百世。我这人说一不二，不会骗你。所以……所以喜欢我，你不亏的。"

橘生又叹了一口气，看着孟水琴几番欲言又止，最后还是伸手推掉了抓住自己手腕的柔荑指尖，转身关了房门。

六更天的时候下了很大的雨，很大的风吹过来，窗户被风压得撬起一条缝都是艰难的。

孟水琴被雨声吵醒，抬眼望到对面的屋子，透过窗户看到窗前坐着的身影。犹豫了一下后，孟水琴还是披了件衣服冒雨冲了过去。

橘生被突然闯进来的人吓了一跳，将烛光拉近，看清了来者是孟水琴时松了一口气，却又无端地紧张了起来。

解下了蓑衣，孟水琴搬过一把椅子一副无赖的样子坐在了橘生对面："我就要嫁给你，你喜欢啥样的？你说出来，我改成你喜欢的模样。"

橘生听到孟水琴强硬的话语之后沉默了半晌，然后合上桌子上的书册收到一旁，话语虽然是温柔的，却带着毋庸置疑的强硬："我大你十五岁，是可以当你父亲的人，怎能拖累了你？休要再胡闹了，王家公子昨日来提亲，彩礼我已经接了，选一个好日子就嫁了吧。"

"我不嫁！我的人生凭什么交给你处置，我就要嫁给你。"

"那我要是不娶呢？"橘生侧过头问。

"那我也不赖着你了！等雨停了，我就走，离你远远的，免得烦着了你。"孟水琴在气头上，说出来的话也是口无遮拦得覆水难收。

橘生听后整理书册的手一顿，他敛下眸子，烛光洒在他的侧脸上，将他的轮廓照映得越发温柔。

他默不作声地打开柜子，然后拿出一把纸伞。

"不用你走，我走。"橘生的话轻轻柔柔地落在瓢泼的雨声里，温柔地说出离别之后，他真的就推开了门，只撑了一把油纸伞将自己暴露在雨中。

孟水琴见此被吓坏了，她急急忙忙地冲进雨中，跟不上橘生的脚步，她便一边追一边对着橘生喊："橘生，我不逼你娶我了，雨这么大，你一个人往哪儿去？"

"水琴，这个人间其实是很大的，总有不下雨的地方。"橘生没回头，轻飘飘的声音落进雨里，也不知传没传到孟水琴的耳朵中。

橘生故意要走，自然不会让孟水琴追到，不过是走过两条街道，雨夜之中就再也看不到那一抹纤瘦的身影。

《西冥簿》记录到这里就戛然而止，下面空白的页面点点墨迹被晕染开，想必是谁在这里流过眼泪。

乔月半意犹未尽地将《西冥簿》还给莲青，坐在他的桌子上晃荡着双腿远远地把目光放在巧笑倩兮的冥女身上。

"冥女真的如故事中那样，坐在奈何桥上，牵挂了橘生百世。"将《西冥簿》锁进柜子中，莲青站在乔月半身旁，出声道。

乔月半的目光有些惋惜，她从没经历过情爱，所以如今她也说不出那惋惜是从何而来。

"那后来的故事怎么样了？"乔月半突然想起这个，侧过头看着莲青问。

莲青把目光放在冥女的身上，还不等他开口惊蛰就又神出鬼没地出现在了两人身后，手中提着一大包杏仁糖。

惊蛰知道自己错了，不该拿乔月半最讨厌的老鼠去顶替那甜得腻人的杏仁糖，就拿故事来哄乔月半。

后来的故事说来也是简单，橘生死在了他离开之后的第三年，自然也就无法回头去找那个等了他一生，甚至到现在都还在等着他的女孩。

橘生死时，孟水琴正值大好年华，十几岁的小姑娘，水灵灵的十分好看。可她的眼里，却有着不符合这个年纪的苍凉，整日都能看到孟水琴坐在私塾的门前望着那来时的路。

但孟水琴到最后，都没能等到那个在雨夜里撑着伞离开的男人回头，没过多少年就郁郁而终，死时也才二十八岁。

她爱了一世，却等了一辈子。

因爱而不得，着实是放不下，这般执拗的姑娘幻化成虚，来这迂回路上，等着那每一世的一眼。

乔月半听完了故事有些感叹，她实在是弄不明白那些世人苦苦追寻的情爱有什么好，为何一些人穷尽一生连死都要死在爱情里面。

乔月半叹了一声，难得地露出愁容："所以橘生是喜欢冥女的，只是他不敢说而已对不对？"

惊蛰将杏仁糖交给乔月半："他染疾多年，自知活不过四十岁，不愿拖累冥女就想断了她的情丝。谁曾想这冥女也是一个将俗世汤喝得太醉的人，这一醉就是千万年都醒不过来，甘愿在这迂回路上等上不知多少个年岁。"

乔月半又是一声叹气，吃了块杏仁糖，甜得喉咙不适，于是便分给惊蛰一半："这糖挺好吃的，你尝尝。"

乔月半刚刚才听了一个悲伤的故事，随便抓了一把糖留给了莲青，算是让她翻《西冥簿》的酬谢。然后搭上惊蛰的肩膀，两人吊儿郎当地走出去。

047/

"我想吃酱肘子,你请我。"

"你不是赢钱了吗?"

"哼!也不知道是哪个狗日的手气这么顺,连赢我三天,我现在连嫖娼的钱都没有了。"

"乔胖儿,你是只母猫。"

"倚栏坊里也有男人卖身。"

"……"

莲青安静地站在两人身后,低头看了一眼乔月半留下的杏仁糖眨了眨眼睛后,伸出手拿过一颗放进嘴里,嚼了两下后便紧紧地锁住眉头。为难了自己半晌后,莲青还是没办法把如此甜腻的东西咽下去,吐了出去,心里想着:凡间的人就吃这种东西吗?真是太苦了,还是这西冥府住着比较舒服。

第四章

/ 酒中杯

这人世间里的情爱
才是最该下地狱永世不得超生的东西

①那火红的衣袍散在空中，抖出一片火红的女儿香来

转眼就是清明节，昨儿还是艳阳高照的天，今儿就淅淅沥沥地下起了不大的小雨，长长的一条街道上三三两两的行人撑着油纸伞脚步匆匆地走在雨中。

这样的天气里女人大多没事，便坐在家里揪着丈夫的耳朵数落他们整日无所事事去赌场败家的劣行来，于是赌场也就冷清了下来，乔月半去赌场转了一圈后回来就数落起华桑。

"华桑那个杀千刀的，我好心去给他捧场，他却笑我一个人耍牌九太滑稽，还要借我两只虚来凑桌。"说着，乔月半还要一翻白眼，没好气道，"华桑那厮，迟早有一日会被赌徒们打死的。"

惊蛰耷拉着眼皮端着一盘不知道从哪里弄来的瓜子仁放在乔月半的身前，一张无求无欲的脸上丝毫没有要回乔月半话的意思。

对门的寡妇撑着一把油纸伞冒雨走了过来，那火红的衣袍散在空中，

抖出一片火红的女儿香来。

"我要借你点东西用用。"

惊蛰看了一眼楼鱼，跷着二郎腿坐在乔月半身旁，也不知从哪里扯了细小的树枝用来剔牙，睨着眼睛傲慢地说："甭想用这玩意儿糊弄我。"

乔月半抬头看了一眼楼鱼，撑着下巴伸出手，一副傲慢的模样对着楼鱼说："先给点银子瞧瞧。"

一看到这副模样楼鱼就气不打一处来，上前戳着乔月半的额头，戳抖了她额前的坠子："就这么点家当早就让你们骗没了，哪里还有钱给你们了？"

乔月半眼皮往下一耷拉，没精打采地打了个哈欠，一咕噜坐回床上背对着楼鱼就睡了。

惊蛰也伸了个懒腰，转身就要扯被子，楼鱼见状咬着牙上前拦住了惊蛰，狠狠地瞪了他一眼之后转身从衣服里抠出二两银子扔给惊蛰："就这么多了。"

乔月半坐在床上咂嘴："跟我们你就甭装了，这凉京城内谁不知道你寡妇是数一数二的有钱人。"

惊蛰也跟着附和："外面的传言更甚，还有人说你闺房里的地板都是用黄金打造的，屋子里最廉价的东西是镶满了宝石的蜡台，随便一挥手就有金子从袖子里掉出来。"

乔月半听了，上前抓住楼鱼的袖子认真地开始摇晃，本来只是为了配合惊蛰一下，没曾想真的有东西从楼鱼的袖口掉出来，三颗金镏子明晃晃地躺在地上。

乔月半吧唧吧唧嘴："这小道消息也有靠谱的时候哈。"

楼鱼破了财倒是一副不情愿的模样，一张美面满满的都是不高兴，坐在椅子上,她伸手一指,便指着百柜中的一个匣子:"我要拿那里面的东西用一下。"

惊蛰坐下来,一副从容的模样对着楼鱼伸出手来:"你还没给我钱呢。"

楼鱼"啪"一个巴掌就要挥过去,多亏了华桑推门进来及时拦住了楼鱼。

纠正了楼鱼巴掌的方位,华桑抱着双臂向后退了两步,然后满意地点了点头:"嗯……这个位置不错,能让惊蛰的脸完全受力。"侧头对楼鱼点点头,"打吧。"

楼鱼铆足了力气就要挥过去,惊蛰哪能让她打,及时站起来向后退了一步才幸免于难。

"无事不登三宝殿,你来我这断楼作甚?"惊蛰点起香料师城墨最新配置好的香料,伸出胳膊让刚刚顺着窗户飞进来的白玉鸟站在自己的臂膀之上,然后舀了一勺香灰喂给它。

华桑从怀中掏出一张羊皮纸卷,在桌子上摊开,上面密密麻麻地写着这千万年来所记载的故事,说话都带着颤抖:"清明节后七日就是若禅离开人世那日,我已经攒够七千七百二十三缕怨气,可以让她醒过来了。"说着,华桑神色迫切地望过去,对惊蛰说,"我要你帮我。"

惊蛰听后叹一口气:"为了不让若禅的魂魄消散,你用虚的执念拴了她八千年。即便是能复活,她也不再是你喜欢的那个若禅了。"

"管她是谁!我就要她活!"说着,华桑从怀中掏出一支朱红嵌月钗交给惊蛰,"这个给你,我用它来换琉璃绣。"

惊蛰接过钗子,随手绾过乔月半头上的发别进姑娘的发间。

端起乔月半的脸细细地打量了半晌,惊蛰满意地点了点头,这才满意地转过身打开百柜。

又想起那姑娘，华桑垂着眸，手中的一张羊皮纸被攥得越来越紧。他低着声音对惊蛰苦苦哀求："惊蛰，我逆天而行修为损了太多，救不回若禅了。今日你帮我一把，算我欠你个人情。"

"这也是逆天而行，折损修为的。"

华桑将惊蛰递给他的琉璃绣收起来，听到惊蛰这么说下意识地狠狠踢了一脚过去："你与我们都不一样，我们吃的是年岁沉淀下来的修行，而你却比我们任何一个都要轻松，在天上你吃的是人们给神灵的供奉，在地下你吃的是人们给鬼怪的供奉，只要还有人信奉，你的修为便不会折损。"

惊蛰并非是怕折了修为，只是怕华桑越陷越深，他不想为那"情"字，助纣为虐。

转身看一眼华桑，见他目光坚定，惊蛰长叹一声，无可奈何地摇摇头。

也是知道今日求不到自己，他又要去求别人，惊蛰便也不想让他太麻烦了，简单地收拾了一番就起身去了若禅身旁。

❷ 你们那么相爱，若禅是佛是魔又有何妨

乔月半还是第一次来华桑在冥府中置办的宅子，也是第一次遇见被这么多骇人的怨气缠住的人。

若禅安静地躺在床上，双脚被一根红绳系住，中间拴了一个铜制的铃铛。双手染着血色的朱砂，交叠放在胸前，握着一个贴有生辰八字符咒的稻草人。一头青丝顺着画着阵法的板床垂下来，落入了一盆香灰之中紧紧地埋入。

乔月半看不出这是什么名堂，只知道这是一些邪门歪道的东西，碰

不得，虽然心中好奇可也没上前仔细地瞧瞧，难得乖乖地跟在了惊蛰的身后。

惊蛰看到这番模样也是有些惊讶，抬头看了一眼华桑，轻轻地蹙了蹙眉。

华桑不理会惊蛰的目光，咬破自己的手指顺着若禅的额心用血画出一条竖线，一直隐入发丝之中再也看不到之后才将手收了回来。

华桑的模样认真，虔诚得像是一个教徒在做什么仪式一般，看起来让人害怕。

"真的会醒过来吗？"乔月半有些好奇。

惊蛰点点头，在乔月半的耳旁依附道："这里太邪门，不如你出去躲一躲？"

乔月半看了一眼更加邪门的西冥府大堂，觉得惊蛰这话怎么听怎么不对劲，就是不肯出去，只是撞了撞他的肩膀学着倚栏坊的姑娘们对着惊蛰飞了一个眼波过去，用十分诚恳的表情说："我知道你会保护我的。"

惊蛰一个哆嗦，抖了抖身子没说话。

可是没一会儿乔月半就觉得不适了起来，五脏六腑内像是被煮沸了一样，莫名地有股力量想要撕裂她的身体，头虽然一阵阵眩晕着，可意识却清醒得很，耳边还会"嗡"的一声，像是有谁在耳边敲响了金钟一样。

华桑最先看出乔月半的不适，他看了一眼惊蛰，眼中多多少少有些不解。

华桑的不解也是情有可原的，乔月半体内的鱼目珠子的邪气被祁男用镇邪的千堂木给镇压住了，所以华桑看不出乔月半体内的东西。

而今乔月半的反应这么大，都要怪那睡着了的若禅，那一身挡不住的怨气唤醒了乔月半体内的鱼目珠子，如今鱼目珠子正在作乱，搅得她三魂七魄都不得安宁。

惊蛰在一旁专心致志地观察着若禅并没注意到一旁乔月半的异样，直到乔月半痛苦地蜷着身子，扯过惊蛰的衣袖这才把他的目光吸引了过来。

惊蛰吓了一跳："在西冥府不用入乡随俗的，你可别化成虚了啊！"

虽然嘴巴不讨人喜欢，可惊蛰的动作却还是关切的，他马上扶住了乔月半避免她摔倒。

对着华桑道了一声抱歉，惊蛰就抱起乔月半离开了西冥府，走过迂回路的时候引来一阵怨灵们羡慕的目光，他们对乔月半体内的鱼目珠子似有感应，结果乔月半这厮却还一无所知地往惊蛰的百兽袍上面擦着鼻涕。

太阳还未落山，所以华桑并不着急，那么多年他都等了，不差这一个落日，与那千百年来相比，这不过眨眼的一瞬罢了。

他回到了倚栏坊，看到了早早等在那里的楼鱼。

楼鱼和若禅是故交，而今在这种时候楼鱼来找自己，华桑并不认为会有什么值得高兴的事情发生。

果然，那姑娘往他身前一坐，扬起嘴角得意地笑，眉梢眼角都带着邪佞，一字一句地说："华桑，你自作孽，害了若禅飞升不得，堕身成魔。她留你不得，不信你等着，待她醒来，定要你百倍奉还，比死还难看。"

华桑怎么没想过自己的结果，却也不怕，总要有些过失，需要挽回，作下来的孽，也定是要奉还。

他只是想看一眼那姑娘，希望那姑娘出现在自己眼前。

"寡妇，你不懂。"说话间，华桑又要长叹，敛敛眸才说，"她对我做些什么，比放过我，要让我好受得多。"

楼鱼自是不懂，她来这一遭，也只是因为那怀中的书信。

她将其交到男人面前，却换来他长久的沉默。

好久之后，华桑才拿起书信，他想拆开，最后的时候竟又停下。

垂着眸，他扯了扯嘴角，抬头对着楼鱼笑："我还是不看了，她就要醒了，到时想说什么，当面对我说就好了。"

于是就将那书信喂给了烛火，火苗抖了抖照亮窗前男人的身影，孤寂萧条。

❰3❱我不叫花苑，我叫月半，乔月半

乔月半嗅了惊蛰从百柜之中拿出来的秋叶香之后，就睡下了。

她做了一个很长的梦，梦里有一个英俊潇洒的男子站在远远的云雾之中，背上背着一把六弦琴，挺拔的身姿像是一棵不倒的青松，一双深邃的眉眼与惊蛰总是含笑的模样大不相同。

那男人阔步走过来，对着乔月半伸出修长的手："花苑，跟我来。"

乔月半并没过去，也并没向后退，她只是站在原地一边看着男人好看的眉眼，一边回味着早晨吃的鱼香肉丝。

半晌后，乔月半才吧唧吧唧嘴，一本正经地对男人说："我不叫花苑，我叫月半，乔月半。"

此时男人已经走到了乔月半的身前，听到乔月半的话，他摇了摇头，越过乔月半额前的坠子，带着薄茧的指尖轻轻抚摸她的眉心。

因为千堂木的原因，乔月半眉心的一颗红痣早已消失不见，男人一阵失落之后垂下了手，说出了乔月半翻来覆去想了很久也没想明白的话。

男人说："或许曾经你是乔月半，但在你吞噬了鱼目珠子化成人形

之后，你就是花苑。"

乔月半在梦里变得迟钝了许多，一点也看不出平日里的精明，若不是惊蛰及时地出现在了身后，捂住乔月半那一双上挑的眉眼将她带入自己的怀中，恐怕乔月半都要信了。

惊蛰的那一双眼睛说来也是奇怪，总是耷拉着眼皮一副无精打采的样子，可瞳孔中却又是含笑的模样，看起来就像是神经分裂的精神病一样。

如今惊蛰看到这个男人，他的那一双死鱼眼顿时就清明了起来，美眸里满满的都是虚假的笑意："哟！君渡大人，好久不见了呢。"

君渡看到惊蛰将乔月半搂在怀里一脸防备的模样，脸一黑，对着惊蛰说道："你放开她。"

惊蛰听到后紧了紧手臂，低头看着被扼住脖子喘不过气的乔月半，他一副无奈的样子："你看我们家乔胖儿离不开我呢，多黏人。"

乔月半掐了惊蛰一把，惊蛰赶紧圆话："还懂得帮我拍打衣服上的灰……"

乔月半更加用力地去捏惊蛰身上的肉。

惊蛰突然瞪大了眼睛，却依旧笑得面若桃花，把牙紧紧地咬住，直冒冷汗地说："看，多贴心。"

君渡脸更黑了，上前一步就要把乔月半抢过来，惊蛰的神识立马退出梦境，袖子一翻就将秋叶香熄灭。乔月半一个激灵就从梦中惊醒，坐起来四下看了看，哪里还有刚刚那个男人的影子。

惊蛰看到乔月半这一副失落的样子酸溜溜地问："做什么春梦了？"

乔月半扯开被子走下来，叹了口气，落寞地道："唉！春梦了无痕啊。"

"你不要糟蹋古人的诗句。"打开百柜从里面拿出几样存封了百年之久的宝贝，惊蛰将其隐在百兽袍内，推开门说，"我去华桑那里，你要不要去看看热闹？"

乔月半点点头，用今日华桑归还的钗子将头发凌乱地绾起来，起身就跟着惊蛰走了。

路过香料师城墨所居住的那条街，惊蛰的脚步顿了一下，想起今日在西冥府之内乔月半因为邪气扰体痛苦的模样，转身走进那条偏僻的巷子里。

或许，他该让城墨多制一些驱邪的香料然后给乔月半佩戴在身上。

这条巷子里的居民很少，破旧的一条街里只有三三两两的人家居住着，大多都是夜出昼伏的灵怪之人，所以很少有人过来。在巷尾有一间破旧的茅草屋，不大的窗口透过昏暗的烛火，还未将门打开就闻得到里面香料的味道，甚是刺鼻。

城墨和那每日为了惊蛰跑腿的白玉鸟一样，都是惊蛰的伙计，白玉鸟帮惊蛰搜刮宝贝情报，这城墨则负责帮惊蛰调制那迷惑人的东西。

推开破旧的房门，乔月半率先挤了进来，上前一把搂住城墨，贴在人家的背上就不知廉耻地用脸蹭他的背。

透过窗户看了看外面的天，城墨低着头认真地调制香料："这么晚了，你不在倚栏坊里败家，来我这里作甚？"

"城墨你把我想得太糟糕了吧？惊蛰品位太土，我去倚栏坊只是陶冶陶冶情操。"

惊蛰问城墨要了他想要的香料，起身要走时看着城墨的腿说："你真的要在我这一棵树上吊死？千里外有一望郎江，望郎江边有一楼为望郎乡，楼里有一女子名为唤月，她妙手神医，你找她或许比找我有用。"

城墨始终垂着头拨弄香料，长长的头发垂下来遮住了半张脸，阴影之中隐约只能看得到城墨侧脸的轮廓。

"我跟着你并不是想要医腿的,不过是一双腿,废了也就废了。我在你这里,等的是玉龙麟。"

说着,城墨呼了一口气,将手中的香料放到一旁:"两千年前玉龙鳞曾在你的百柜之中落过脚,也不过是百年,一条青龙就用一方深海泥将玉龙麟换了过去。现如今青龙已羽化成仙,那玉龙麟也不知去向,我想会有人拿着玉龙麟过来与你换其他宝贝的。"

"到时,你又要用什么,来与我换那玉龙麟呢?"惊蛰接过城墨手中的香料推开了门,再出门时出声问城墨。

城墨没说话,只是低着头拨弄着香料,长长的睫毛垂下来,在眼下落出一片阴影来。

惊蛰也并未等城墨的回应,与乔月半并肩离开。

路上,乔月半问惊蛰:"怎么你身边有这么多有故事的人?而且都是有钱人,个个怀里都藏着珍宝。"

"他们要是没有钱,我靠什么来养百柜和你?"说完,惊蛰斜了乔月半一眼。

"我也可以自力更生啊。"乔月半伸出手来,一双十指不沾阳春水的修长猫爪映在月光之下。

"那明天你就搬出去住吧。"

乔月半听后一顿,侧着抱住了惊蛰的腰:"惊蛰你最好了。"

"你就说得好听。"

"我长得也好看。"乔月半不服。

"……"

(4) 这人世间里的情爱，才是最该下地狱永世不得超生的东西

华桑已经在倚栏坊里等候多时，借着月光远远看到惊蛰与乔月半的身影时，他着实松了一口气——他怕惊蛰不来。

这原本是凉京城内最热闹的一条街，如今只有这几个人安静地望着街尾等着惊蛰，往日的喧嚣像是一场不真切的梦一样碎在了漫长的年岁里。

惊蛰在倚栏坊的门前停下，仰头看二楼的华桑，对着他示意了一个眼神。

华桑衣袍一挥，若禅就出现在了街道的中央，被一群以吃腐尸为生的花蕊鸟围住。

花蕊鸟眉心带着一点黄色羽毛，看起来煞为可爱。乔月半伸手接过一只："没想到看起来这么可爱的生灵竟然靠腐肉为生。"

"知人知面不知心，很多祸乱苍生的妖魔都是六界之间数一数二的美人。"惊蛰拉起乔月半要她离这些邪气的东西远一点。

乔月半乖乖地向后站了一步，灵巧地爬上树与楼鱼坐在一起，看着惊蛰是怎么将若禅唤醒的。

有了华桑多年来的准备，惊蛰的工作就变得很简单了，就像是做饭一样，有人准备好了一切，只负责烧柴就可以了。

惊蛰美眸一凛，提起手中的笔在若禅的眉间描绘出她三魂七魄的模样来。

又伸手接过华桑递过来的琉璃绣，他在掌中碾碎成末，笔尖点一点，盖在那被描绘出来的三魂七魄上。

只不过是刹那就消失不见，连带着眉心的三魂七魄一起融进了姑娘的体内，悄悄地唤醒了那沉睡多年的美人儿。

所有的仪式都已经完成，每个人都很安静，华桑也在不远处僵住身子，不敢上前一步，只是在袖间握紧了拳头。

若禅依然安详地闭着眼睛，只是突然之间，一旁的花蕊鸟全都扑扇着翅膀腾空而起，像是逃一般慌张飞走，只留下啼鸣在空中回荡个不停。

清凉的晚风突然就停在了这一刻，面容安详的少女忽然将嘴角一提，粉红色的薄唇轻启出声，悠悠道："人间，好久不见了呢。"

说完，若禅睁开眼睛，看着眼前繁星满天的天空，滴溜溜地转着眼珠，久久没有动静，唯有那唇边笑容里的弧度变得越发锋利了起来。

轻轻侧过头，若禅看了一眼身旁花蕊鸟的羽毛，然后又将头正了过来，望了那夜空好久。

这是人间，是与她阔别多年的人间。

真真是没想到，有朝一日，还能回来，看着夜空如旧，繁星点点。

于是她就笑坐起身来，将那停滞在空气中的晚风啊，带去了远方。

扭了扭躺了八千多年、已经僵硬了的脖子，眼底已是一片戾气的若禅也顺势四下看了看，最后把目光落在了华桑身上，轻轻笑着，也轻轻地问候着说："哟，老朋友，你还没去死啊？"

华桑始终看着若禅，见她眉宇之间的一片安宁都被阴厉所替代，不由得一阵怅然。

她曾那么美好，是一朵天地之间干净的花，开在他身旁，陪着他走过那么多漫长无边的岁月。

而今染了血，变成了现在这般模样。

倒也无悔，醒来便好。最后华桑看她一眼，实在不敢面对，只好转身，悄悄地来，无声地走。

这人世间的情爱，当真是捉摸不透。见不到难过，见到了，也难过。

若禅的目光只留在那人身上一刹那，那等了八千年的人啊，只等了今夜的一眼，就要黯然地走。

然后她的目光转了又转，最后停留在不远处的男人身上。

他叫沥江，若禅死前曾送过她一程，阴曹地府走一遭，多亏有他才不至于太过寂寥。

而今若禅死而复生，他也来看，领着他的姑娘站在一旁，微微笑。

"嗨，沥江，你还没等到你的凤凰吗？"

"没。"那人简短地应了一声，若禅听后挑眉，目光看着这天地，来来回回，扫过风景无数。

繁星当空，弯月半缺，惊蛰和他的猫，嫁衣如血的寡妇，倚栏坊内沉默不语的男人华桑。

都是好风景，风也是，雨也是，对面沉默不语的男人，更是。

她走过去，走向他。

"我那最爱除恶扬善的老朋友，我这个十恶不赦的坏人就在这里，还不动手吗？自古正邪不两立，你不下手，我可就下手了。"若禅步步紧逼，走到华桑的面前，咄咄逼人地看着他。

华桑沉默了片刻，然后他张了张嘴，对若禅说："若禅，是我负你，我无话可说，而今我一人在这里，是杀是剐，是魂飞还是魄散，皆由你。"

若禅安静了半晌，再出声却是一声不屑的笑。她看向眼前那人，眉目依旧，和风霁月，是当年她最爱的那个模样。

静了静，她一字一句地对他说："华桑，我一定要你知道，生在今世，你最不该做的，就是负我。"

华桑垂着眼睑不说话，想必，是字字诛心。

最后还是楼鱼看不下去，坐在树上俯身扯了若禅一把，将若禅扯到自己的身旁，轻叹了一声，没说什么话。

乔月半看完热闹就觉得无聊起来，俯身问树下的那公子道："都完事了，惊蛰我们回家啊？"

男人看向树上的姑娘，沉默着伸出手，只道了一个字："来。"

乔月半懒懒地打了个哈欠，刚想往下跳呢，一个身影就抢在了前头落入了惊蛰的怀里，紫色的衣袍随着夜风飘啊飘飘，荡在这人世，沉寂了八千年后，终于又走了一遭。

惊蛰吓了一跳，若不是若禅紧紧地搂住他的脖子，惊蛰吓得就要把怀里的人丢出去了。

"我没地方可去，小姑娘你要不要和你家公子商量一下，留我一晚。"躺在惊蛰的怀里，若禅对着树上的乔月半打了声招呼。

不等乔月半开口，一旁始终沉默的华桑竟是开了口。他看向若禅，目光不动："当年三清山上的宅子我还给你留着，你也可以回那里去。"

"那是三清山，是你三清仙人要住的地方，尘世之中独一无二的清净之地，我这满手鲜血，作恶多端的大魔头啊，早已去不得。"

说完，她笑，不再看华桑，只是软声细语地去问乔月半："小姑娘你听到我说的话了吗？"

乔月半点了点头，伸出手，纤细的胳膊挥出一个好看的弧度，提了提嘴角。点点微光的夜里，乔月半笑得得意："银子。"

若禅听后精明地转了转眼珠，终于肯从惊蛰身上下来，上前敲了敲倚栏坊的窗户，说："银子。"

华桑看着若禅迟疑了半晌，而后敛过眸子，不自在地道："其实你住在我这里也是可以的。"

"你想我啊？！"若禅早已不复以前那般安静温柔。

华桑听后沉默了许久，然后他将下巴抬起又落下，只是轻轻地点了点头，闷声说了一个"嗯"字。

若禅嗤笑一声，看着华桑是满目讥讽，她什么话都没说，转过身，脚步聘婷地上了梧桐树，将胳膊搭在了乔月半的肩膀上。

"我没有银子……"

乔月半斜了一眼若禅，没什么表示。

若禅也不着急，吹了吹染了灰尘的指甲，漫不经心地说："不过我有身子。"

听到这里，乔月半才有点表示，她扭过头仔细地端详起若禅清秀的脸庞和那与清秀脸庞不相称的妖异的神韵，半晌后打了个响指跳下了梧桐树。

"惊蛰我给你收一后宫。"乔月半与若禅走在一起，兴奋地对惊蛰说。

楼鱼始终沉默着，目光一直放在倚栏坊，见华桑始终没个动静她也从树上跳下来。

楼鱼抓过乔月半的手，大方地从怀里掏出两粒金镏子放在乔月半的手上："这些日子，若禅就麻烦你了。"

惊蛰在一旁拦住乔月半接过金镏子的手，煞有其事地皱起眉头来："喂，你有没有弄明白谁才是断楼的老板？"

楼鱼与惊蛰也认识了这么多年，又与这两人做了这么多年的对门，太了解他这些小伎俩了，又在怀里掏出两粒金镏子交过去，不高兴地出声问："够了吧？"

"那得看若禅在我们那里住多久了。"惊蛰擦了擦金镏子，随手将其塞在了乔月半的手里,大手一挥,阔气地道,"就先住三天看看吧。"

若禅上前抱了一下楼鱼,不走心地道:"楼鱼你最好了。"说完就转身兴奋地跟着乔月半与惊蛰走了,一直走到街尾再也看不见的时候,一扇窗才被缓缓地推开。

"真窝囊,我都替你丢人。"楼鱼破了财,心情很不顺,刻薄地数落完华桑之后,就甩袖子转身走了。那样刺眼的红在夜空中久久地散不开。

华桑一人被留在这样过分安静的夜里,端着一张看不出什么表情的脸,目光空洞地望在窗外,落魄得像是一只丧家犬一般。

最后这只丧家犬抿了抿好看的嘴唇,侧过头哽咽了半晌,突然就哭了出来。

在他的生命里烧了千年,烧得滚烫的热泪终于肯从眼眶跳出来,滴在他绣着菩提树的衣袍之上。

华桑最开始哭得无声,只是抿着嘴任由豆大的泪珠滑过,滴在衣上也不去擦。

后来无声渐渐地变成低声抽泣,眼泪滴下来染湿了搭在窗前的一大片袖口,将那菩提点缀得惟妙惟肖。

再后来低声抽泣变成号啕大哭,华桑委屈得像是个孩子一般抬起手臂不断地用已经潮湿了的袖子擦着眼泪。

他也不懂为何自己要哭得如此委屈,明明错的人,是他。

可眼泪情绪都不听使唤,灌了满腔止也止不住。将脸埋在双手之间,滚烫的热泪便流过华桑掌内凌乱的指纹。

人都走散,只剩下沥江站在夜里,身旁牵着他的姑娘与他一起。

他将华桑的眼泪看得清楚,是悔也是恨,有怅然,也有遗憾。

沥江起身想走,身边的姑娘忍不住开口问:"美人怎么了吗?"

065/

今夜沥江没再呵斥姑娘的没大没小,他只是侧过头看向窗外,却无奈被窗户遮住了视线:"他没怎么,只是被这尘世折磨了太久。"

"那他怎么不回三清山?他不是三清山上的仙人吗?那么多人敬爱他,他又为何偏要在这尘世里苟活呢?"

"那你怎么不回皇宫,你不是皇宫内最得宠的小郡主吗?那么多人宠爱你,你又为何偏要女扮男装与我一起流浪?"

姑娘缩了缩脖子,嘟哝道:"我有我的苦衷。"

沥江听后悠悠道:"华桑也有他的苦衷。"

如今华桑会活得这么苦,归根究底还是因为华桑太看不开。

这人世间里的情爱,才是最该下地狱永世不得超生的东西,可万万碰不得的。

沥江苦笑,看一眼对面男人掌中的泪,长叹又长叹。

愿他和他的姑娘能好。

⑤ 若禅在西冥府里享了这么久的清福,得让她去体验体验人间疾苦了

乔月半与若禅在回去的路上聊了一路,便一见如故,甚至随便扯下几根枯草捏在手心,就地拜着皎洁的月色结了金兰姐妹。

当夜乔月半就与若禅抱着被子天上地下地聊了一整夜,直到公鸡叫破了晨晓,两人才意犹未尽地睡下,掀开被窝还能看到两人十指紧扣的双手。

惊蛰捏着杯清酒撩开帘子看了一眼,见两人都睡得甜甜也没出声打扰,伸了个懒腰之后推开门站在外面晒太阳。

对面的楼鱼也刚起来,手中还拿着一个掸灰的鸡毛掸子,一推开窗户就看到惊蛰又一个人站在阳光下,于是便纳闷:"昨夜乔妹回去得挺早啊,怎么今日又没起来?"

惊蛰听后"嘀"了一下,捏着小巧的杯子将杯中的清酒一饮而尽:"与若禅一见如故,昨夜两人猫在被窝里聊了一夜,半个时辰前才睡下。"

楼鱼被吓了一跳,她认识了太久那样安静柔弱的若禅,一时之间还真不适应若禅健谈好动的模样。让楼鱼觉得更为吓人的是,能与乔月半那神经病聊得来的人,如何都不能让人省心。

楼鱼的预感没有错,傍晚若禅醒来之后,就与已经醒了一会儿的乔月半奔赴这凉京城内最大的娱乐场所——倚栏坊!

被怨气养了那么多年的若禅可不懂得顾及别人的感受,风风火火的,想去哪儿就去哪儿,想做什么就做什么。问起华桑要怎么办,若禅只是说:"他要是不爽,那就让他去吃屎好了。"说完她扔出银子下注,单手叉着腰对着赌桌剑拔弩张地喊。

赌局到凌晨破日的时候才散,乔月半和若禅跷着腿坐在倚栏坊的赌桌上数银子,然后打了哈欠便要走。

华桑这时从二楼下来,像是已经将心绪都整理好,又是一副祸国殃民的模样出现在每个人的视线之中,还是往日的模样。

他笑得好看,见人就三分笑。

见若禅与乔月半两人要走,华桑就笑着送客:"慢走不送,欢迎再来哟!"

乔月半没有个声响,打着哈欠困得生无所恋;若禅看也不看他,转身离开。

两人走后没多久,惊蛰便推开了倚栏坊的门,手中捏着小巧精致的两个杯子。

伸手提起一壶酒，两人一人一盏，酣畅淋漓之时听到惊蛰说："快把你家若禅接回去吧，一个乔月半就够我受了，再来一个被怨气养了这么多年的若禅，用不了几日我的断楼就真的断啦！"

华桑舔了舔嘴唇上的酒水，恬不知耻地说："你那里人杰地灵、坐北朝南，适合养身子，若禅在西冥府里享了这么久的清福，得让她去体验体验人间疾苦了。"

惊蛰睨了一眼那不要脸的华桑，将桌子上的酒囊揣进兜里，面无表情地走了。华桑意犹未尽地吧唧吧唧嘴，撑着下巴靠在桌子上埋怨惊蛰这厮太不够朋友也不知留点酒给他打牙祭。

⑥ 人家休了妻事小，牵连到我的客栈可就事大了

楼鱼坐在二楼往下望，去看那旧友眼波流转、媚眼如丝的勾人模样，也摇摇头长叹，叹这人世太苦，情爱太难。

又见那姑娘上了二楼，扭着曼妙的腰，挑着风情的眼，像是那美人华桑一般往那栏杆上一坐，提起一条腿就要踩在木头上。

见人对她笑，她也不拒绝，弯了弯眼睛还回去，和谁都是这般模样。

楼鱼又叹了一声，伸手扯了扯若禅的裙摆，将那露出来的大腿遮上："楼下还有成了家室的人，家里的婆娘也都是了不得的人物，可莫要再勾引人家了。"

说着楼鱼剥开一粒瓜子，把瓜子仁扔进嘴里吧唧吧唧地吃掉："人家休了妻事小，牵连到我的客栈可就事大了。"

若禅听后笑起来，上前搂住楼鱼的脖子亲昵地凑过去："我的小寡妇，

你怕什么,有我在这里,就是天皇老子也拿不得你怎样。"

楼鱼看了一眼弱不禁风的若禅,又低头看了一眼擦着金镏子露出一口小白牙笑得十分淳朴的乔月半,打心底里觉得,这若禅还不如那乔月半来得可靠。

掸了掸身上的瓜子壳,楼鱼问若禅:"既然你已活了过来,为何还要留在这华桑生活的凉京,而不回故土见一见朋友?"

若禅的手指绕着发丝,风情万种地睨了一眼对面的断楼。

断楼的门前站着那美人华桑,他和往日没什么不一样,还是一身红袍,刺着眼,招摇得像是只花蝴蝶。

谁都要变,她是,他也是。

把目光收回来,她说得云淡风轻:"华桑他还欠我点东西,等他把欠我的都还给我之后,我们就银货两讫,互不相欠了。"

对门的断楼门前,华桑捏着一把折扇走进去,将折扇往柜台上一放,举手投足之间都是阔气的模样:"我来跟惊蛰老板当点东西。"

惊蛰的脑袋从柜台下伸了出来,头上还挂了两根蜘蛛丝,一双美眸转了转,看了一眼那千万年前被华桑随手拿走的折扇,他顿时便明白华桑是来取什么来了。

拿过鸡毛掸子掸了掸身上的灰,惊蛰将那把折扇收起来,随之打开百柜之中的一个匣子,匣子里放着一盏小小的杯子。

那杯子玉面青底,杯面上描着残缺不圆的夜月,树影斑驳,露出小小的一抹微光,栩栩如生;青色的底座上描的是那白日的太阳,正值上空,日照万里,正对着那空中残缺不全的月。杯中盛着半杯酒,看着并非是香醇的模样,只是晶莹剔透地映着杯沿上的花纹,似真似假。

惊蛰打开匣子之后并未着急把杯子交给华桑,他看着杯子上他亲手画上去的两处风景，想到了将这两处风景画上去时，他嘴里的碎碎念。

那时他说："是日，是月，是相识，是永别；是日，是月，是永无相见，是永世寂寞。"

那时惊蛰没有想到，会有人将他的这一番话，应验了去。

喝了这杯中的酒，摔了这玉瓷杯，华桑与若禅就会像这杯子中的景色一样，永无相见，永世寂寞。

好久之后，惊蛰才将那匣子里盛着水的杯子拿出来交给华桑，也反复提醒道："你真的想好了吗？杯子一碎，就是如来佛祖也回天乏术。你确定，你真的要和若禅永世不见？"

自是做好了准备的，他和若禅，都需要一个解脱。

一个爱不起，一个懒得恨，也有着解不开的孽债，处理不清却也忽视不掉。

那便不要再见了，今日之后，各有各的人间，各有各的喧嚣。

爱的人继续爱着，年年岁岁，与天同灭；恨的人继续恨着，日日月月，与地同葬。

于是华桑点点头："我与若禅纠缠了这么多年，一直都是我在对不起若禅。若禅离开故土是为了我，杀人毁城是为了我，沦入魔道也是为了我，到最后却因为一个魔字，我在浮屠坛上将染了我心头血的洪荒剑顺着她的背脊，入骨十分。"

随便挑了把椅子坐下来，那人神色涣散，陷在回忆里拔不出来的模样。

过往里的很多事情，华桑都忘不了。

他还记得很多年前他与若禅一起坐在三清池旁谈天说地的开心模样，那时若禅温婉的一张脸上，都是幸福的笑。

若禅总是喜欢问华桑各种各样的问题，她信任并且依赖他，这个将除恶扬善挂在嘴边的三清仙人。若禅最喜欢问华桑的问题是："华桑，你为什么非要赢？"

华桑的回答总是很无趣，他说："并非是我刻意，只是他们都没打赢我而已。"

"所以才会有那么多的人来找你，想要赢你吗？"若禅说完便笑起来，看着华桑时的神情，满满的都是仰慕，"华桑，你真是一个厉害的人。"

"我并不厉害，总有一日，我会输。"想到这个可能，他蹙了蹙眉。

若禅却并未察觉到华桑的情绪，她站起身向星光里那简单的竹屋跑去，一边跑一边还转身对着华桑笑着说："无论你怎样，我都会陪着你的。"

华桑看着若禅欢快的身影，嘴角也忍不住溢出一抹柔和的笑来。

他身边的这位姑娘，似乎每日都很开心呢。

但事实却并非如此，若禅也会哭，是那么伤心的模样。

那是十分平静的一天，若禅坐在三清池旁等着今日去应战的华桑，认为华桑还会和往日的许多次一样，凯旋归来。

可若禅等了很久华桑都并未出现，天边的残阳都被夜色所吞没，华桑凯旋的身影，依旧是个空谈。

若禅等不下去，便跑去华桑与别人决斗的地点去找华桑。

远远地，若禅还没看到华桑的身影，她就闻到了那铺天盖地的血的味道。若禅的脚步慢了下来，一点点地靠近不远处靠在石碑前的狼狈身影。

华桑听到若禅的脚步声，抬起疲惫的眼向前看了一眼，在看到来者是若禅时他松了一口气，叹息道："若禅，我输了。"

若禅舔了舔嘴唇，点点头，蹲下去伸手扶起华桑，对他说道："我们回家。"

若禅将眼泪悄无声息地滴在华桑的心上，这时他们谁都没有察觉。

华桑看着若禅咬着嘴唇一副隐忍的模样,奄奄一息地安慰她说:"是我让你失望了吗?"

若禅摇摇头,侧过头看着华桑,一双泪眸里都是坚定:"你从未让我失望,你一直都是我的大英雄。"

华桑听到若禅的话后便笑了,一张脸上,尽是温润。

那一场决斗耗尽了多少的修为华桑已经记不起了,他只记得他在大战那夜清醒了一会儿之后就陷入沉睡。偶尔若禅叫得醒他,他与若禅讲一讲太阳,讲一讲月亮,然后就在话语之间,再次没了意识。

更多的时候,华桑都在梦里,他梦到若禅,梦到那个还并不知他是谁,又有着多大的能耐,只是三言两语之后就拉住他的袖子扬言要与他一起修仙的女孩。

在睡梦中发生的事情华桑并不知道,那时若禅为了救他都做了什么。

华桑只知道自己稀里糊涂地醒了过来,并且散去的所有修为都不知为何被补了回来,而那个总是一脸欢颜的女孩的长发飞扬在风里,一身魔气敛不住。

华桑醒过来找不到若禅,便循着她的气息找了过去,于是就看到有人屠城,手不留情,长发扬在风里,有人回首一笑。

是陪在他身边那么久的姑娘。

华桑不确定地叫了一声:"若禅?"

有人愣住,手中的动作突然停下,挣扎的人就在若禅的手下逃脱,连滚带爬地走远。

"真的是你。"华桑轻轻地言语,不解地问她,"为何如此?"

若禅那时只是笑,看着华桑,笑得倾国倾城。

"你要将我抓起来吗?总是将惩恶扬善挂在嘴边,并且遵循着活了这么久的三清仙人,你要将我抓起来吗?"

华桑的眉毛轻轻蹙起,劝诫着说:"这只是一些渺小的凡人,你不该如此。"

"可我已经做了,我的双手,已经沾满了鲜血。你是仙者,你看得到我沦入魔道的原因,因为我杀了太多的人,作了太多的孽。"若禅看着自己的双手轻轻呢喃,然后向后退了两步,无力地靠在树干上,再看向华桑时,一双眼里,依旧带着温柔。

她好似在说:真好,我所做的一切,都没有被辜负。你醒过来了,真好。

但那时华桑读不懂她的眼神,他愤怒极了,他认为眼前的这个女孩不应该如此,她应该比谁都天真善良,坐在三清池旁对他说着天地之间的美好。

于是愤怒之中的华桑做了让他后悔了一生的决定,他召唤了浮屠坛,将若禅困在了坛中。

"不听听我的解释吗?"被困在浮屠坛中的若禅看向那一脸冰冷的华桑,轻声问他。

"无论是怎样的原因,滥杀无辜就是错!"华桑话音落下,浮屠坛外面的那一层铁笼,被重重地上了锁。

若禅始终看着华桑,笑得越发好看。

那天在浮屠坛上发生的一切,华桑都忘不掉,他还清楚地记得在他的剑刺进若禅身体里时,若禅的模样。

让华桑觉得难过的是,自己那么无情无义,不听一句解释,若禅却还对他笑。

剑刺入若禅身体里的那一刻,有鲜血溅出来,溅在若禅脸上,若禅也不管,只是对着他笑得比任何时刻都要好看。

还叫着他的名字，华桑……华桑……

然后她就微微侧过头不去看那男人，一双眼中看不到一滴眼泪，应该真的是寒了心吧。

最后的最后，姑娘抬头去看，对那心上的儿郎说出这人世里的最后一句话。

"这一次我真的不能再等你了，日后千万年来每一日一个人的你，保重啊。"

她让华桑保重，依旧是那么温柔的目光，带着化不开的痴迷，这样的一切映入华桑的眼里，却把他的心都烧得生疼。

华桑看着那始终巧笑嫣然的少女，突然想起他们的过往，想起过往中每一日的三清池旁，总是托着下巴看向他的姑娘。

那时若禅的眼中，总是带着清澈的笑意，字里行间之中的仰慕，也都不言而喻。

华桑也想起他们第一次见面的场景，小小的杨柳下站着小小的姑娘，扯着他的衣袖说双修才好玩。

而今时光走得飞快，故事的结局也是如此难料。

任谁也想不到，那小小的姑娘，竟是要死在他的手中。

在这一刻华桑突然顿悟，是佛是魔又如何呢？再怎样的弥天大错，也不该让他，这样对她啊。

此时华桑的剑才入骨六分而已，还不至于将若禅的三魂七魄打碎，只要有耐心来收拾这一地的残局，若禅至少还可以轮回。

华桑哽咽着想说些什么，张了张嘴之后只有眼泪落下来，提手就要将若禅体内的剑拔出来。若禅却是笑着伸出手握住那剑身，随即便是一声闷哼，那洪荒剑已入骨十分。

那时惊蛰还不知人间的好,整日在天上打渔摸虾地祸害那些小神仙玩,恰巧迈着八字步路过浮屠坛,然后停下来看了这场热闹。

在若禅死之前,华桑与惊蛰的交情不太好,甚至是十分恶劣。让他们两人交好的契机,就是若禅被留下来的那一魂一魄了。

惊蛰与其他仙者不一样,惊蛰是神君,也是精怪,他吃的不是修为,是供奉。

华桑损了修为才勉强留住若禅本该烟消云散的一魂,剩下的那一魄华桑却已无力保住,被洪荒剑打碎了的魂魄恐怕片刻之间就要烟消云散。

就在华桑无能为力之时,他看到了一旁正剥着瓜子刚看完热闹打算要走的惊蛰。

于是,惊蛰便顺手救下了若禅。

后来为了让若禅能复活,华桑在西冥府里买了宅子,养了执念,用不甘来拖着若禅的一魂一魄,让她不至于魂飞魄散。

又怕若禅会被怨气吞噬彻底失去理智,沦为祸害,华桑又依照着西冥府中那间宅子的坐标在人间买了块地皮,开了家倚栏坊,与底下的若禅只相距一层土的距离。那里人来人往,人气鼎盛,足以让若禅不被怨气吞噬。

如华桑所愿的那般,若禅活了过来;也如华桑所愿的那般,若禅视他如空气。

将酒杯收进一早就准备好的木匣子里,华桑对着惊蛰郑重地道了声谢谢,转身便要离开。

惊蛰知道若禅就在对面的客栈里,便好人做到底,大手一挥指向客栈的方向。

华桑顿了一下,敛敛眸,然后忽地就笑了。

小姑娘啊,我们终于要说再见了。

握紧了盒子,华桑转过身走向楼鱼的客栈。

若禅靠在二楼的梁柱之上远远地看着华桑,见华桑走进客栈,若禅隔着十步的距离就对华桑伸出手:"我的内丹呢?是时候还给我了吧。"

华桑抿了抿嘴,侧着眼眸不敢看若禅。片刻之后,华桑张了张嘴,眼里都是眼泪,脸上却还带着笑。

他说:"当初是我被猪油蒙了心,错手斩断了自己的红线。若禅,我早已知道,负你是我这辈子做过的最不应该的事情,若有来世……换你来负我。"

若禅听后提起嘴角,笑得轻蔑,冷声问华桑:"所以呢?"

华桑紧张地吞了口口水,抬眸去看若禅,底气不足地问道:"所以,我最后一次问你,你能原谅我吗?我带你回三清池,我们都把这些不愉快的事情忘掉,我们重新开始。"

华桑说到最后,都变得有些着急起来,紧张地看着若禅,像是一个等着糖吃的孩子一般期待。

说来,也希望故事可以逆转,天真地想要在最后搏一搏,希望能看见转机,在这最后的最后。

可到头来……也只能化作徒劳,与那爱一起散在风里消失不见。

若禅听后那嘴边的冷笑,便越来越放肆,她斜着眼睛去看华桑,似乎连一个眼神,都不愿给他的模样。

若禅什么话都没说,她只是抬起脚步,与华桑擦肩走过,顺手将华桑手中的那一个酒杯打碎。

在杯子碎落在地上的那一刻,杯中的酒却并未洒在地上,它们在空中盘旋了一阵,打了一个旋之后化作一粒小巧的半透明的珠子飞进了若禅的体内。

感受到了身体异样的若禅迷茫地转过头看了一眼，她看到丰满长街，看到人来人往，看到这众生芸芸百种模样，却没看到华桑站在她身后，双手掩面，泣不成声。

若禅迷茫地看了看四周，然后把目光放在楼鱼身上，嘲讽地说："华桑的修为已经能耐到来无影去无踪了吗？"

楼鱼看了看眼前的若禅，又看了看一旁捂着脸、十分没出息地哭着的男人，不理解若禅的这个问题。

或许是自己的这个老友睡得太久而瞎了眼睛，那美人华桑不就在屋子里，而且还像是一个神经病一样神色涣散地看着前方没有个聚焦，然后哭得撕心裂肺。

惊蛰拿着蒲扇坐在断楼的门前乘凉，比起楼鱼的茫然，惊蛰倒是一脸了然。但他并没插手此事，而是看若禅有何反应。

不过一会儿，内丹全部归体的若禅迎风一笑，上前拥抱了一下老友之后便提着裙摆移步走了。

乔月半舔了舔手指，见若禅走出去以为她要去什么地方潇洒，拎起钱袋就跟了过去，谁知还没追上若禅，若禅就停了下来，转身对着乔月半温柔地笑。

乔月半一愣："你干吗这个表情？温柔得像是一只发情的母猫。"

若禅白了乔月半一眼："都说狗嘴里吐不出象牙，我看猫嘴里也吐不出什么好东西。"

若禅这么一说，乔月半真的动了动嘴，然后从嘴里吐出一根没剔干净的鸡骨头——她刚刚在吃凤爪。

华桑见乔月半跑出来便也跟了出来。听到乔月半说起"温柔"那两个字的时候,华桑身子一僵,睁着一双泪目就向人声鼎沸的街道望了过去。

城门前的这条街上有好多人,可华桑就是看不见他的若禅。华桑扯了扯嘴角,笑得凄凉,对着眼前那空旷无人的景色说了一声:"若禅,今日就要别离,日后莫要再等我,趁早忘了那三清池上名为华桑的狠心仙人。日后千万年来每一日一个人的你,保重啊。"

说着华桑转过身,风就灌进他的衣袍,扬在空中然后慢悠悠地落在若禅的脚下。

是一抹红,红得刺眼。走过八千年的岁月,终于落在女孩的脚下,像是那卑微的一捧沙。

若禅看着这莫名落下来的衣服纳闷,仰头看了看,见空中连一只飞鸟都看不到之后就更是纳闷。

若禅蹲下去伸手想捡起来时,看到那衣领之上小小的"若禅"二字,便无故地停下了手。

大概是华桑的吧。

"这凉京人杰地灵的,干吗不多留两天呢?若是你不想见华桑,那我便帮你捅瞎眼睛,这样不就再也看不到他了。"乔月半没心没肺地说。

"臭丫头!活腻味了是吧?"若禅踏过那火红的袍子,上前揪住乔月半的猫耳就拎了过来。

乔月半疼得直喊哎哟:"不讲理的婆娘!快走快走!老子才不想你呢。"

若禅笑了笑,把怀里这几日赢来的银子丢过去,转身走了。

只不过走了没几步若禅又走了回来,低头捡起那件领口绣着若禅名字的袍子,仔细地拍了拍上面的灰尘和自己的鞋印。

她把袍子交给乔月半。

若禅也没让乔月半把衣服还给华桑,更没交代什么,她只是把衣服交给了乔月半,然后便转身,走得潇洒又决绝。

这地方,再也不要回来。

那人,最好也再也不见。

后来乔月半还是把袍子还给了华桑,华桑张了张嘴,哽咽了半晌之后还是问:"离开的时候,她说什么了吗?"

乔月半摇了摇头,半晌后突然顿悟地"啊"了一声,对着一脸期待的华桑自豪地说:"都说狗嘴里吐不出象牙,我看猫嘴里也吐不出什么好东西。若禅走的时候就是这么夸我的。"

惊蛰叹了口气,又摇了摇头,拎过乔月半的领子就让她坐在了自己身旁,整个晚上都没让她去打扰华桑。

那件袍子被华桑挂进了柜子里,后来华桑再也没打开过那个柜子。

凉京城内总是穿着一身红袍的华桑美人至此之后再也没穿过红色,街头巷尾都传着为何华桑不再穿红衣的谣言。

惊蛰听了这谣言之后只是抿了抿嘴,笑而不言。

乔月半倒是一点都不喜欢惊蛰的这个模样,看起来像是个老神棍,于是就将手中的筷子一挥,毫不留情地刺穿惊蛰放在桌子上的手。

惊蛰觉得一痛,低头看过去时乔月半又趁机把另一根筷子刺进了惊蛰的脑壳里。

"乔月半我决定跟你分家。"惊蛰咬着牙。

乔月半睁着一双大眼睛十分赞同地点了点头,然后上前抱住惊蛰的腰,又把头贴近了他的怀里:"好啊好啊,我不贪心,东西都给你。"

"那你呢?"惊蛰很惊讶乔月半竟然会如此大方。

乔月半把嘴里的桂圆核吐出来,恬不知耻地说:"然后你给我。"

"呵呵！"

乔月半认真地数了数在华桑的赌场赢来的钱，然后随手打开了一个抽屉扔了进去。

这时才发现抽屉已经装不下，惊蛰放眼望去，沉着脸沉默了好一会儿。

真是个会哭穷的姑娘啊，攒了一抽屉的金镏子，还有大大小小的步摇首饰，而今满满当当地堆在抽屉里，一个铜板都容不下了。

惊蛰看了嫌弃道："当初我要是养一只公猫，现在也不至于这么费钱了。"

乔月半想起倚栏坊里那些不靠谱的男人也是一副嗤之以鼻的模样："当初你要是养一只公猫，没准整条街的母猫们都能给你生猫崽呢。"

惊蛰无话可说，转身走向百柜。这几日百柜里的东西动得太勤，得好好整理一下才行。

乔月半也整理着她的小金库，忽然想到一件事，向惊蛰问了出来："今日若禅和华桑那厮都是怎么了，好像双双瞎了眼一般，都看不到对方的存在。"

惊蛰专心地整理百柜里的宝贝，头也没抬地说："见到了又能怎样，华桑他有负于若禅的一片痴心，若禅怎能再待他如珍宝？"

"我听闻当年若禅杀人成魔都是为了华桑。"

惊蛰点点头，继续整理着百柜，笑着感叹道："华桑那厮在三清山上的时候其实是个厉害的人物，我看过他与很多人比试过，就输了那么一次就将有关幸福的一切都砸了进去。"

"说起来，若禅与华桑也算是一场遗憾了。若是华桑那时没那么冲动，他们现在应该很好地生活在一起吧。"乔月半端着下巴仔细琢磨了一遍，倒也把惊蛰没说的话给说了出来。

惊蛰没说话，只是从梯子上下来，语重心长地告诫乔月半："要是你喜欢上什么人，可别像若禅这样。舍身救情，并非什么好事。"

"惊蛰老板你今天感触特别大啊！"乔月半上前搂住惊蛰的脖子，踮起脚才勉强地搭在了惊蛰另一侧的肩膀上。

惊蛰没好气地在乔月半的手上打了一下："我是不想我养大的小乳猫跟其他的男人跑了去。"

乔月半心满意足地打了个嗝，然后躺在软榻上跷起二郎腿："只要这断楼养得起我，我就不会跟其他男人跑了去的。"

"你这么败家，我的这点家当被败光也是早晚的事。"

乔月半也赞同惊蛰的话，然后安慰他说："所以你不用担心，我这两天手气旺，短时间内你的断楼不会被我输光，所以短时间内我也不能走。"

惊蛰听后发自肺腑地说："你可快点走吧！"

乔月半看着惊蛰嘿嘿一笑，把蒙混过关的本领用得得心应手，翻了个身搂住被子心满意足地睡去。

第五章 一怨幽

我要让你看着你的美梦，
碎在我的手里，
然后无可奈何，无能为力。
承游，你会知道"报应"这两个字，
该怎么写。

①这千百年过去了，这人间啊也还是这么个样

下了半月有余的雨终于被龙王收回去，躲在云后的太阳也终于舍得露出半张脸庞来照亮这苍茫的黄土地。

乔月半不喜阴湿，心情糟糕了半个月后终于在太阳升起的这一刻一蹦三尺高。然后……她不小心踢碎了惊蛰收藏已久的玲珑杯。

惊蛰推开雕花木门就看到乔月半蹲在地上，左右手分别捏着杯子的碎片，这只活了好几百年的猫可能还天真地打算重新粘回去。

惊蛰由衷地觉得，碎了的不是杯子，而是他的那颗脆弱的少男之心。

听到脚步声，那只猫的身子一僵，半晌后吞了一口口水，僵硬地转过头。

看到来者是惊蛰的时候，那猫慌张地把手中的杯子碎片扔掉，擦了擦手站起身指着地上的碎片故作惊讶地说："惊蛰公子你这里真是坐北朝南、人杰地灵啊。竟然连杯子都长了脚，自己跳下桌子自杀了。"

瞧着她这睁着眼说瞎话的熟练模样，惊蛰扶着额头一脸无奈，站在百柜前数了数格子，然后打开最角落里的一个空格将碎片收进了百柜之中。同时惊蛰也略微沉重地自言自语道："天意果真不可违啊。"

乔月半知道自己闯了祸，便乖乖地站在一旁耷拉着耳朵："出事了？"

"也不算什么大事。"拿过鸡毛掸子掸了掸屋子里的灰尘，紧闭许久的店门终于被惊蛰郑重地推开。

这门一推开之后，门外的灵怪终于得以进了房门，一个个争先恐后地捧着手里的宝贝要来惊蛰这里典当，恶灵们求的是来世能投一个好人家，山灵精怪们求的则多是修为。

惊蛰瞧不起那些奇奇怪怪的玩意儿，只是摇着蒲扇坐在门前，捏着酒杯抬眸皱着眉头不悦地看着眼前嘈杂的灵怪们："我这里不收这些玩意儿，你们散了吧，别挡了我旧友的来路。"

那些灵怪哪肯放过这千载难逢的机会，听了惊蛰的话后非但不肯走，还更加放肆地向店内拥进来。

惊蛰抬手刚想设个屏障，人群中就传来一阵女人的低笑。

低低哑哑，百转千回。

是熟悉的笑，真是好久不见了。

花麒从人群里走出来，身穿锦罗绸缎，半张脸上栩栩如生地画着火红色的芙蓉花，遮住了左眼附近的大半张脸，春末初夏的风不知从何处拂过来，卷过花麒身上玲珑杯的香气散在空中。

惊蛰站起身来，对花麒的那张脸仔仔细细地打量了一番，然后侧了侧身子让她进来，同时扬起衣衫，关上了当铺的门。

低头燃上一支陌生的香，惊蛰说："对不住了，将你渡成了魔。"

算了算日子，惊蛰遗憾地说："再有个七百年，我都能让这杯子给你修一个仙身出来，到时咱俩一起打渔摸虾，别提有多自在。可惜，你的魔路还没走完杯子就被打碎了，我还真挺不好意思的。"

"怪不得你。你肯救我，就很够义气了。"说到这儿，花麒倒是十分真诚地感谢道，"说起来还真要谢谢你，我在你这杯子里养了这么久，虽然仙身未修出来，这一身的本事倒是不比往日差了。"

然后她笑一笑，脸上大片的芙蓉花仿佛活了起来，变得越发鲜艳夺目。

乔月半看到花麒脸上的芙蓉花，想起杯子被打碎的那一刻，杯中涂绘转瞬消散的模样，顿时就明白了几分，讪讪笑着，不知该说些什么才好。

花麒打量着惊蛰的这间店铺，又透过窗户打量着这人间，看够了才说："这千百年过去了，这人间啊也还是这么个样，花不黑、柳不红。这世间上的人儿啊，也还是一些数也数不清的痴男怨女，都是些痴人。"

"你不也是一痴人，我始终想不明白，你干吗放着好好的仙者不做，要来这红尘里打滚儿？还落了魔道。"说话间，酒满杯盏，惊蛰端起一碗，一饮而尽。

"我也想不通，但那时的我，就是愿意，愿意得义无反顾。"说完，花麒似乎是想到了什么一般哑言了许久，最后把目光放在了乔月半身上，盯着她许久之后悠悠地叹了一声气。

但愿眼前的这位姑娘，莫要太痴便好。

乔月半不明白花麒的目光为何这样，以为又是体内的鱼目珠子作祟，却拿它没招，也不予追究。

只是刚刚花麒侧过头打量着她时，乔月半也目不转睛地打量着花麒，她终于看清楚，那红芙蓉下遮盖着的，是一块狰狞的伤疤。

乔月半知道惊蛰一定清楚这背后的故事，琢磨着等人走了好好问问惊蛰。

花麒见了想见的老朋友也没有再留下来的道理,便起身走了,也没留下只言片语或者一些物件,只有一抹殷红的身影,浊世之中渐行渐远。

惊蛰的目光始终未曾在花麒身上偏离,端起那一碗女儿情,仰头送入口中。

身边的这些旧友,似乎都各有各的坎坷,各有各的苦涩。

❨2❩ 你不必怕花麒,最多,她也就是弄死你

可是还没等乔月半问惊蛰有关花麒的事情,花麒的老情人承游就找了过来。

承游吞了花麒的修为,成了那九天之上的仙人,走到哪里都是一身气派的模样,却端着一张惴惴不安的脸装模作样地问乔月半:"你家主子呢?"

乔月半架子一端,雍容道:"我就是。"

承游笑了一下,一下子就捅破了乔月半的谎话:"小丫头,八千年前我和你家主子打交道的时候,你还不知道在哪条轮回路上投胎呢。"

"看不起后来者居上啊!"乔月半一拍桌子,因为动作太大额前的坠子竟然抖了抖,掉了一半下来砸在地上。

乔月半神情一滞,这么霸气的话都说出来了,如今俯身去捡东西实在说不过去。于是,乔月半干脆把还挂在自己头上的另一半坠子一把拽下,"啪"的一声扔出去,山寨大王一样"嘭嘭嘭"地拍着桌子,青筋暴起地嘶吼道:"老子有能耐!把惊蛰那厮包了!现在断楼是我的!惊蛰也是我的!有什么话,你就跟我说!"

承游倒是被乔月半这副模样给吓到了,清了清嗓子刚想说些什么就

听到有人敲门,转过头一看正是平日里那神气十足的惊蛰。

而如今惊蛰敲了敲门后竟然低眉顺眼地走了过来,上前给乔月半请了个礼后乖巧地站在了乔月半的身后。

承游好歹也是个见多识广的仙人,他可是知道惊蛰平日那嚣张跋扈的模样的,如今看到这一幕内丹都要被吓出来了,反复地咽着唾沫,好一会儿才镇定下来,抖着声音说:"你说的是真的?"

"我还能骗你?"

"奇怪,没听说啊。"

惊蛰出声插话:"我求你了,你可长点脑子吧。你是偷食了花麒的内丹才升仙的,你觉得哪个神仙愿意搭理你跟你聊八卦?"

承游被说得脸一阵红一阵白的,打又打不过惊蛰,看到了端着架子坐在那里的乔月半,还真被她给唬住了,真以为她才是老大,于是便说:"一个下人当成这样,你不好好管管。"

"他可不是什么下人,是鬼中仙君,仙中鬼怪。甭说是你,就是那天帝御舟见了他也要称他一句惊蛰公子。"乔月半蹙着眉头,看着承游脸上多出几分厌恶来,"旁人就算了,惊蛰可轮不到让人瞧不起。"

承游也知道自己这仙身修得不光彩,便也懒得和惊蛰客套了,开门见山地说:"我感觉到玲珑杯被打碎了,花麒还没被渡成仙就给放了出来。"

咽了一口唾沫,承游欲言又止。

惊蛰也不陪着乔月半继续闹下去了,扯了扯袖口,傲然地坐在了承游的面前,一双含笑的眸子里带着几分凌厉:"你不必怕花麒,最多,她也就是弄死你。花麒才刚醒过来,按照她的性子,我觉得她应该不会马上就去找你,她得玩一路看一路,最后才抵达你的仙山上,所以你别怕,你还有几天活头。"

承游身子一滞，眉头紧紧地锁在了一起，握住桌角脸上透出隐隐的担心。

承游从袖子里拿出一片玉龙麟放在桌子上，瞅他的样子，也是早有准备的模样。

看一眼惊蛰，他讨好着问："我知道你惊蛰公子的能耐，我也明白你与花麒的交情，你跟她说情，她一定会放过我的。"

"这是我的主子，你问她。"惊蛰指了一下一旁私自拿起玉龙麟在手中把玩着的乔月半。

乔月半还是第一次见玉龙麟，本来摆放在桌子上的时候还觉得不过是普通的一个小物件，却没曾想拿在手里之后竟有一股暖流顺着手掌渗入体内，将体内的阴冷，全都祛除了。

将这小物件上下打量了一番，乔月半也发现这玉龙麟还真的并非什么寻常之物，她好歹也跟着惊蛰这么多年了，多少也算是识点货的，单单只看玉龙麟外面那一层泛着光泽的表面，就不是一般之物能比拟的。

这承游也是下了血本了。

乔月半跟了惊蛰这么久也不是啥也没学到，自然明白这宝贝是何物。

乔月半与城墨那古怪性子的人交好，平日里总是听城墨惦记着玉龙麟，如今好不容易遇到，惊蛰又将主动权交给了自己，乔月半自然不能错过，也没细问承游与花麒的过节，当下就收了玉龙麟爽快地应了下来。

惊蛰就知道乔月半不会拒绝，打发走了承游之后就抓住乔月半。

惊蛰随手抢过玉龙麟就把它抛进了百柜。见乔月半一脸不解，惊蛰倒了碗凉茶清了清嗓子："你给他也没用，只是一片玉龙麟，还不能让城墨站起来，你也太不知天谴的厉害了。"

乔月半被数落了一顿自然不服，于是反驳道："我怎么会小瞧这苦难，我就是琢磨着拿着这玩意儿去逗城墨乐呵乐呵。"

"最近输钱了吧？"惊蛰一语道破天机。

乔月半舔了舔干涩的嘴唇，心虚得不敢去看惊蛰，嘴硬道："哪有！你可别胡说，我手气旺着呢。"

惊蛰看了一眼乔月半腰间挂着的空瘪瘪的钱袋冷笑了一下，说："输没输钱你心里有数就成。"

端着茶碗在屋子里踱了一圈，惊蛰一会儿赏赏月、一会儿逗逗鸟，一副优哉的模样继续说："城墨那个穷鬼，你指望他还不如指望我。"

乔月半眼睛一亮，满心期待地看着惊蛰："你要给我钱？"

"美得你！我再给你钱就让我被你用毛笔戳死！"也不知想到了什么，惊蛰愤愤地摔下手中的东西，脸上全都是坚定的表情。

说起毛笔，惊蛰就难受。

也不知这乔月半是跟谁学的，一逢惊蛰嘴欠讨她嫌弃的时候她就用毛笔戳过来。

每一下乔月半都是下了死手，好几次毛笔都是在惊蛰脑袋上横着穿过去的，多亏了他生而不凡，不然被乔月半这么对待，多少条命都不够死的。

乔月半翻了个白眼："不给我钱说那么多做什么。"

"话虽这么说，但我有一个来钱的好门路，你干不干？"惊蛰终于想到正题，亲昵地拉过乔月半的手，笑得极假，眉梢眼角都带着毫不掩饰的虚情假意。

乔月半觉得惊蛰给的活计应该不会是什么好活儿，毕竟她也是一只有底线的猫，怎么会为了那些蝇头小利出卖自己的灵魂，于是乔月半目光严肃地表达了自己的拒绝。

惊蛰笑笑,满目柔光,一身百兽长袍迎风抖了抖,像是三月里那温柔的柳絮。这副模样在皎洁的月光映衬下,倒也是赏心悦目。

乔月半可不吃他这一套,跟了惊蛰这么久,她怎能不明白惊蛰这表情里的意思,他笑得越是温柔就越该提防着点。

果不其然,惊蛰笑意盈盈地伸出手指,红色的嘴唇一张一合地报出了一个数字。

这个数字特别大,大到什么程度呢,大到让乔月半听后当即就出卖了自己的灵魂。

惊蛰收了承游的玉龙麟,自然要为人家办事。乔月半收了惊蛰的银子,自然也要为惊蛰办事,于是乔月半就被惊蛰算计,推到了承游的身边。

走时惊蛰交代:"花麒不比若禅,她是不甘心的,这笔账啊,她一定要找承游算。你呢,就寸步不离地跟在承游身边,要是花麒找来了,你别眼睁睁地看着花麒整死承游就行。"

"我的祖宗哎……"乔月半后知后觉地意识到事态有多严重,抓着惊蛰的袍子不愿意离开,哭丧着一张脸说,"承游那么能耐的仙者都过来花钱买个平安,我就一母猫,哪里有拦得住花麒的能耐啊。"

把行李堆在乔月半的脖子上,惊蛰安抚地拍了拍乔月半的脑袋:"没事儿,你是惊蛰大爷我的人,别人我说不准,要是你的话,一定没问题的!"

"你可别唬我啊。"乔月半瘪着嘴,眼眶里还隐隐地带着泪花,声音里满满的都是委屈,一副可怜的模样。

惊蛰太了解乔月半这个家伙了,一点都不受用,粗鲁地转过乔月半的身子,一脚踢在了乔月半的屁股上把她踹出门。

惊蛰并没有打算一脚就把乔月半踢到承游所居住的仙山之中,一只飞鹤远远地鸣啼而来,一把叼住了乔月半,鹤头向后一甩将乔月半甩在了背上。

乔月半紧紧地抱住仙鹤的脖子,对着身后一脸纯良、摆着手对自己告别的惊蛰嘶吼道:"你最好祈祷一下让我不要有命回来,不然你就等着被我用毛笔戳成个筛子吧。"

惊蛰呵呵笑着,气定神闲地说:"我买下了凉京城里,贩卖毛笔的店铺里的所有毛笔。"

"惊蛰你个杀千刀的,你这么有钱连个零花钱都不愿意给我!"

"再见哟。"

"见你个鸟蛋啊!飞得太快啦!"

"呵呵!"惊蛰摇着蒲扇,转身关上了断楼的雕花木门。

乔月半欲哭无泪,抱住仙鹤的脖子就不撒手。

出了凉京就是一片延绵的群山,山上花红柳绿的,满是春意盎然的模样。茫茫大雾之间,偶尔有几声啼鸣传进耳中,映着眼下这一幅人间美景,倒也有几分死而无憾的意思。

乔月半没一会儿就习惯了这仙鹤的背,哪里还有刚刚一脸的衰相,竟然还兴致勃勃地赏起了春来。

仙鹤飞得太快,吹散了乔月半的头发,乔月半索性就摘下头上其余的发簪收进怀里,任长发在空中洒成墨。身上的衣袍也被风吹得飞扬,与散开的头发纠缠在一起,在空中画出了一幅绝世的山水画来。

惊蛰坐在窗前看得到那仙鹤背上的姑娘,风吹长发,与天交融。

扯了扯嘴角,忍不住,就要笑。

这是他的姑娘,永世不变,真好。

《3》花麒找到你的老巢了,你呢,好酒好菜准备准备

为了确保承游的安危,乔月半强制性地搬到了承游隔壁的院子里。

承游一旁的院子里住着他喜欢的仙妹妹,自然不肯让乔月半住过来。

乔月半可由不得他。这几日乔月半在仙山上横行霸道,仅靠一嘴一手就把仙山上这群没见过世面的土老帽儿唬得一愣一愣的,甭说是搬个住处,就是造反把承游踢出仙山都没人会不愿意。

乔月半捧着一碟承游仙山上的特产坐在墙头,看承游和他的情妹妹你侬我侬、卿卿我我,偶尔无聊了还会学着承游的模样对着一旁的枣树依葫芦画瓢地说情话。

承游的情妹妹叫邱龄,杨柳细腰的,有一个好身段,也生了一副惹人怜爱的模样,一双眼睛总是可怜兮兮地望过来,男人看了觉得心疼,女人看了就觉得头疼。

邱龄以为乔月半整日整日地坐在墙头上往下看是相中了承游,平日里那总是可怜兮兮的目光在看到乔月半的时候总是露着几分警戒和凶光。

乔月半不以为然,邱龄望过来她就毫不畏惧地看过去,天生就上挑的眸子本身就带着刻薄,如今眉毛一拧,没几眼就用目光把邱龄打得落花流水。

几场战役下来,邱龄终于坐不住要承游撵乔月半走。承游哄也哄不好,邱龄见状以为承游舍不得乔月半,当下就怒气冲头,一把扯过坐在墙头看热闹的乔月半的领子,踢开大门就指着空旷的门外喊:"这里不是你该来的地方,哪儿来的滚哪儿去。"

"我就看看,今儿谁敢撵我家乔胖儿走。"惊蛰不知何时出现在了乔月半平日里常坐着的那个墙头上,一只手撑着一旁的墙面,另一只手

上捏着一枚小巧的碧蓝色的棋子，灵巧地在手中把玩着。

说话之间美眸一挑，带着笑意的目光就望了过来。

几日不见好生想念，乔月半看到惊蛰，一把推开邱龄跑上前扑进了惊蛰的怀里，惊蛰一个没坐稳，险些从墙头上掉下去。

乔月半满心欢喜地说："惊蛰你都不知道这是一个多好的地方，我才来了这么几天，就吃光了四棵枣树。"

惊蛰无奈地在乔月半的头上拍了拍，四下望了望，看到了那光秃秃的枣树，随着风吹过来，还要抖一抖叶子。然后目光又落在邱龄的身上，上上下下打量一番后扯了扯嘴角，淡漠地说："眼生呢。"

"我乃……"

"行了别说了，没我家乔胖儿好看，不感兴趣。"惊蛰伸出手挡住了余光以免看到邱龄，然后对一旁的承游说，"我来就是告诉你一声，花麒快要走到你这儿来了，不出今晚就得攻上来，你呢好酒好菜准备准备。"

承游一愣，差点就要以为花麒攻上来是要和自己叙旧的，不过仔细一琢磨，这可不是花麒的性子，她那么不甘心，怎么肯善罢甘休，于是就问："准备酒菜做什么？"

"哎呀，我天！乔胖儿你瞅瞅，蠢成这样的还能娶到媳妇，我以为就花麒一个人瞎呢。"说着，惊蛰有意无意地看了邱龄一眼，"这热闹我当然不能错过，怕下半夜我饿，所以先备着。"

还不等承游说什么，乔月半抿着嘴十分赞同地点了点头，吆喝着仙山上的一众小仙童去了厨房，途中还在院子里逮了一只家养的母鸡，没一会儿之后还真摆出了一桌酒菜，看着像是办什么喜事一样。

乔月半满意地点了点头，转身对惊蛰夸这承游仙山有多么多么的好：

"惊蛰我跟你讲，这承游仙山真是一个坐北朝南、人杰地灵的好地方……"

"你不是说断楼才是个坐北朝南、人杰地灵的好地方吗？"惊蛰接话。

"我毛笔呢？"乔月半在身上摸了摸，没摸到那随身带着的东西，有点没有安全感。

"别别别，您说您说，小的多嘴。"嘿嘿笑着，惊蛰一把搂过乔月半的肩膀，两人开始游览仙山。

④ 你吞了我的内丹，占了我的修为，我以为你能有什么大本事

承游劝邱龄走，毕竟来者是花麒，且不说她修为有多深厚，就说那满腔怨恨也足够承游招架不住的了。如今再来一个新欢刺激着，承游能剩下个骨头渣子就算他走运。

承游怕牵连到邱龄，花麒虽然看着温婉可人，但实则比谁都心狠手辣。

邱龄可不这么想，她以为承游要把自己支走偷偷摸摸地去和其他姑娘做些见不得人的勾当，非但不走还寸步不离地守在承游身边。

花麒来的时候正是傍晚，大把大把的火烧云留在西方，映在这承游仙山上。

原本这山还不叫承游仙山的时候，会盛开大朵大朵的芙蓉花，与夕阳做伴连在一起，美不胜收。后来花麒走了，这山易了主，芙蓉花就再也没开过。

谁会想到千百年后的今日会有大朵大朵的芙蓉花开在这仙山上，像是远行归来的老朋友一般亲吻着这土地，连一块岩石都舍不得落下。

花麒看着周围的这一切，轻轻笑着推开了仙府的大门。承游站在她

亲手栽的树下，而他的相好的也坐在她搭建的秋千上。

花麒笑意更浓，甜美的嗓音对着眼前呆若木鸡的两人温柔地言语着："这仙府住得可还习惯？"

邱龄毕竟资历尚浅，不知这花麒仙人为何物，语气不善道："什么人敢私闯承游仙山！"

"承游仙山？"花麒"啨"了一声，嘴角扯出一个笑来，脸上的芙蓉花开得越发娇艳，"承游啊承游，你吞了我的内丹，占了我的修为，我以为你能有什么大本事，到头来也就落了一个莫须有的封号和一座挂了你名字的仙山。"

侧过头看了看坐在墙头上，一边抿着小酒、吃着好菜，一边看热闹的乔月半与惊蛰，花麒继续说："到头来，还要用我送你的玉龙麟来换平安，你图个什么啊你？"

承游是怕花麒的，他求她说："花麒，我知道错了，你放过我这一次。"

花麒笑了笑，什么话也没说，只是脸上的那朵芙蓉花渐渐地衰落了下来，露出了脸上狰狞的疤。

"当年你怎么不放我一马？为了你我自愿落入凡尘，走一遭那轮回路，到头来竟然落了那么个下场。我从来没想过会有一日栽在你的手上。"

承游看到花麒脸上那狰狞骇人的伤疤身子一怔，面露恐惧说不出一句话来。邱龄也惊呼了一声。

花麒却笑得嫣然，步步逼近："认识你的那一世，我只活了二十五年，在这二十五年里我陪了你十四年，等了你十一年。我到死都想不明白究竟是什么原因，让你不惜一切地想要弃我而去，甚至不惜叫人毁了我的这张脸，借以警告我不要再缠着你。"

惊蛰听到这里，送酒入口的手在嘴边顿了一下，半晌扯出一个冷笑来。

这故事，他也是第一次听。

乔月半隐隐约约也听出了故事的大概，看着承游的眼神就多了一分厌恶："这样的人也够恶心的了。"

"还有更恶心的呢。"惊蛰这么说着，剥了一颗花生米的皮顺手送进乔月半的嘴里。

"我不想保护这么恶心的男人，作为你惊蛰大公子的人，我有这个任性的权利吗？"乔月半舔了舔嘴唇，调整了个姿势一本正经地问惊蛰。

惊蛰蹙着眉头想了想，看了一眼花麒又看了一眼承游，半晌后才大手一挥地说道："准奏！"

大不了就把玉龙麟还回去咯！反正也不是我惊蛰要用。

"当年我遇见一个算命的，他对我说，毁了你就能成全我所愿。他算卦很准，所以我就信了他。我知道你喜欢我，所以我就离开你。你长得好看，所以我就毁了你的脸。后来算命的对我说还不够，他说你有元神、有内丹，告诉我拥有你所拥有的一切我就能成仙，于是当天夜里我就用他给我的利刃半信半疑地毁了你的肉身，也用利刃毁了你的元神……"

承游索性也破罐子破摔了，一股脑地把所有的事情都一五一十地交代清楚，甚至连那个算命的长成什么模样都描述得仔仔细细的，就连那人肩膀上落了一只鹰这样的小细节都不落下。

说罢，承游就瞪大了眼睛，较劲一般看着花麒，双拳紧握着，后槽牙也紧紧地咬住，咬得都暴起了额上的青筋，还真是把这破罐子摔得稀碎。

花麒早就知道了这些事情，她连当年那个算命的人是谁都一清二楚，所以听了这些事情的她并不愤怒，她只是悠悠地伸出手，掌心生风隔空就劈向毫无准备的邱龄的脸上。

邱龄脸上的皮肉被花麒割去大块，眼球也被打碎，她捂着血肉模糊的半张脸痛苦地号叫着,花麒看得心满意足的。

花麒拦住了要阻止她的承游,当着承游的面再一次打碎了邱龄的另一只眼球。

承游的嗓子都喊哑了,问花麒:"你不怕天帝罚你吗?"

花麒只是笑笑,伸手抓过邱龄的长发,轻轻一挥,那三千发丝就这么连根折在了花麒的手中。

花麒用它捆住了一直反抗的承游的四肢,轻巧地说:"承游,你变笨了许多,你忘了吗?我早就不是花麒仙山上的花麒仙人了,我入了魔,不但不归你们天上管,还专门和你们天上的人作对。"

说完,花麒松了一口气似的一个飞身坐在了乔月半的身旁,她拿过乔月半凑到嘴边刚要喝下去的酒一饮而下,越过乔月半问惊蛰:"你怎么不让乔妹拦着我,你不是收了人家的东西?"

惊蛰看了一眼承游,神色冷清道:"我是个奸商,而且还是个黑心的奸商。"

花麒表示赞同,然后将目光放在了,那被三千青丝紧紧缠住的承游的身上。

花麒的脸上没有什么表情,看着那三千青丝一点点地捆住承游的手脚,最后将他紧紧地固定住,再也动弹不得。

花麒傲慢地望过去,眼神里的冷漠,像是剐人的刀子。

花麒又走向承游,俯身靠在他的耳旁,温柔地对他说:"我要让你看着你的美梦,碎在我的手里,然后无可奈何,无能为力。承游,你会知道'报应'这两个字,该怎么写。"

花麒伸出一只手抓过了一旁的邱龄。她剖开了邱龄的仙身,抓出了邱龄的内丹也打碎了邱龄的元神。

花麒听着承游撕心裂肺的呐喊声，看着承游挣扎着，却因为被困在发丝之中，无能为力。

　　然后花麒就笑，脸上的那一朵芙蓉，变得越发鲜红娇艳。

　　"这一次，是真回不了头了。"乔月半感叹。

　　"从花麒为了仅有一面之缘的人而落入凡间的那一刻起，就已经注定了一切了。落了魔道也挺好，花麒与魔君交好，在魔界定不会吃亏。"惊蛰心不在焉地回答。

　　"那要是承游不甘心，去天帝那里要个说法怎么办？"

　　"承游这么大的人了，又不是还在用尿和泥巴糊脸玩的小屁孩，这种自讨没趣的事情自然是不会做的。再说了，就是天帝有意要帮他讨个说法他都没脸应下。归根究底，最先做错的人，是他承游。"

　　乔月半点点头，看着地上一点一点蔓延的芙蓉花，驾着惊蛰唤来的仙鹤飞到空中。

　　惊蛰好整以暇地看着最后的好戏，乔月半也撑着下巴趴在仙鹤的背上兴致勃勃的模样。

　　花麒果真没让他们两人失望，那大朵大朵的芙蓉花变成火焰连成一片，一瞬间就成了一片火海，将这承游仙山团团围住。

　　仙童们抱头鼠窜，也都跑了出去，一时之间只留下承游与花麒在这火海之中。

　　花麒自然是不怕的，可承游却未必见得。

　　之前花麒所有的动作都实施在了承游的心头肉上，承游只是感到心疼，并未感觉到多少真切的恐惧，如今眼前的火苗张扬地烧起来后，承游的恐惧才漫天而来。

　　承游怎么斗得过花麒，他被花麒用邱龄的头发束缚住手脚，像是砧板上的鱼肉，任由花麒宰割。

花麒痴痴笑了笑，动了动十指，大把的火苗就扑向承游那张俊逸的脸上。

承游大声地喊着，对花麒说："花麒，放我一马！我什么都愿意为你做。"

花麒站在火海里咬着嘴唇笑，片刻后张了张嘴，吐气如兰："那你就为我去死吧。"

话落，火光突然摇曳升空，那火海里的男人，再也没了声息，想必是昏了过去。

花麒得到了想要的效果。

说来说去，因果报应而已。

大火不受控制地弥漫，承游仙山不舍昼夜地在火海中翻滚了足足三个月，一方的青天明亮不息。

一些善男信女以为有什么好事情发生，都对着承游仙山的方向虔诚地叩拜着。

花麒只是坐在楼鱼客栈的窗前笑看着这一切，脸上的芙蓉花开得越发娇艳，好似要从她的脸上开出来一般。

等大火熄灭的时候，昔日里那美轮美奂的仙山已成一把尘埃随风而逝，而承游也不知所终。

◆5◆天机不可泄露

花麒离开前又找到惊蛰，她在惊蛰这里小住了几日，惊蛰问她日后要去做什么。花麒想了想，只说了认命两个字。

又提起承游口中的那个算命先生，惊蛰抬头看一眼花麒，就见她脸上露出那了然的笑。

原来她都知道。

来来去去，因因果果，什么都瞒不住。

门被推开，乔月半从外面回来，带了一身倚栏坊的胭脂味，也带回来一个野男人。

那人生得俊俏，有好看的眉，也有好看的眼。并不绾那长发三千，潇洒又肆意。

他的肩头落了只鹰，如果被那承游看见啊，必定要说这鹰太过眼熟。

是啊，怎么能不眼熟，和当年那算命先生肩头的那一只，简直是一模一样。

他随着乔月半进屋，目光却停留在了花麒的身上。

恰巧花麒也看向他，先是笑笑，然后唤他名字为雁回。

竟是那魔君雁回，而今来到这断楼里，来接他的姑娘回家。

雁回对惊蛰点点头算是打了声招呼，然后来到花麒的身前，俯身与她平视着："何时回魔界啊？"

雁回这般问，脸上带着讨好的笑。

"回魔界杀了你吗？"花麒问他。

"随你咯。下半辈子都给你，要杀要剐，你喜欢就好。"那高高在上的魔君一耸肩，伸手扯过那姑娘顺手扛在肩上。

也不管谁在挣扎谁在喊，魔君什么话也不说，大步流星地就往外走。

离开前他又对着惊蛰微微点头，算是示好，表示不用担心，我不会伤了花麒。

惊蛰又怎么不知道，雁回的这些小心思，从来都不藏着掖着。

情爱上的事自是管不得的,是好是坏都要让花麒来处理,况且……跟了雁回,未必是坏事。

于是惊蛰就淡定地倒了杯茶,喝下半盏时才听到那蠢猫在一旁问:"所以这就掳走了啊?花麒不是挺有能耐的吗?"

"那得看面对的人,是谁。"

"你快去追啊,他这么厉害,杀了花麒咋整?"那猫又咋呼,说着就要冲上去。

多亏了惊蛰眼疾手快,一手捞过姑娘的领子又给拽了回来,同时也说:"不怕,向来都只有花麒欺负他的份儿。以前是这样,未来也不会变。"

"什么意思?"乔月半不懂,侧过头去问,换来那人一笑,一挑眉意味深长地说着:"天机不可泄露。"

第六章 / 青蛇传

法海停下脚步,
半晌后他张了张嘴,说:
"白若让我告诉你,
再也不相见的岁月,
要珍重。"

❰1❱ 风把她的衣袍吹起来，和那年的风一样的温柔

惊蛰很是疑惑，乔月半究竟是撞了谁的邪，已经连续几日没去那倚栏坊里潇洒，而是好好地在家待着还认真地在学习着什么。

推开窗户，这外面还是艳阳高照的，五月的天并没有天降大雪，看了看东方，太阳也如旧地升起。

可乔月半最近究竟是怎么了呢？

惊蛰扬起一张满是迷茫的脸，越来越不懂了。

这几日西冥府清闲，莲青在西冥府里待着无聊出来串串门子，手中提着一块腊肉。

刚落入人间就碰见了在河边走着的乔月半，乔月半看见莲青小跑着凑过来，眯着眼打量一番，然后白眼一翻，嫌弃地走远。

好好的一姑娘，越来越傻了。莲青看着一脸呆滞的乔月半，摇摇头。

他把今日乔月半反常的举动说给惊蛰听，觉得乔月半可能是被哪路

的鬼怪给迷了心智。"

惊蛰听后只是悠闲地切了块腊肉扔进嘴里,放心地说:"不用担心,她身体里有颗鱼目珠子,你也不是不知道那东西有多邪气,定不会让人迷了心智的。"

惊蛰话音刚落,楼鱼那火红的衣袍就闯进了视线之中,再然后是楼鱼清脆的声音:"我说惊蛰老板,你家乔胖儿好像是中了邪,今儿我看她逮了只老鼠吃了。"

惊蛰听后这才不着痕迹地蹙了蹙眉头,起身问了楼鱼一句"乔月半在哪儿",敛上衣服起身就要往外走。

楼鱼手往外一指,指向了蹲在墙角里,瞪着一双幽幽的眸子误把舌头当作芯子往外吐的乔月半。

莲青也走了出来,看到乔月半这般模样,不确定地问惊蛰:"是条蛇?"

惊蛰嗤笑了一下,满脸都是不屑的神情:"我倒是要看看,哪座山头上的蛇这么有能耐,敢打我家乔胖儿的主意。"

说着,惊蛰抖了抖刚从身上脱下来的百兽袍,大手一挥对着乔月半就扔了过去。

还不等那衣服落在乔月半的身上,乔月半体内的人儿就率先从她身体里钻了出来。

那人一身青袍遮体,一双眸子是通透的绿色,看到谁都是冷清清的模样。

惊蛰上前拿过搭在乔月半头上的百兽袍穿在身上,对那个一跃而上一丈高墙头的青衣女子有些惊诧,一双眉眼凌厉地望过去:"蛇精青幼,当真是贵客呢。"

莲青和楼鱼对视了一眼,都有些惊讶这青幼是怎么找过来的,按理说她这样心高气傲的人儿,应该不屑于来找别人帮忙吧。

青幼笑了下，跃下墙头站在惊蛰身前："怎么？我的活计就不想接了？"

"原本是想接的，但青幼你的出场太让人不高兴，这活儿，恐怕我是接不了了。"说完，惊蛰转身就要走，谁知走了几步路转身发现乔月半还蹲在那里蹙着眉毛，一脸痛苦的样子，看起来像是便秘。

惊蛰没在乔月半的身上看出什么门道来，只好问她："你怎么了？"

乔月半皱着眉头仰起脸看向惊蛰，欲哭无泪地说："我腿蹲麻了。"

惊蛰快要把后槽牙都咬碎，当初怎么就脑袋一热把乔月半留在了自己的身边，还是一个这么不给人长脸的臭丫头，早知道一个人清清静静的，简直是要多爽有多爽。

惊蛰将手伸出去，脸臭到不行："我拉你。"

乔月半摇摇头，说得掷地有声："你抱我。"

"谁管你。"惊蛰转身就要走。

"那我去让白玉鸟叫别人过来，一定有人愿意把我抱回去。"乔月半嘟哝着，说完作势就要吹一声口哨把白玉鸟唤过来。

惊蛰握紧了拳头，指着乔月半说了句"你有种"之后，就弯下身子把乔月半抱了起来。

乔月半美滋滋地倚在惊蛰的怀里，伸出手环住他的脖子，得了便宜还卖乖："我就知道你惊蛰大公子对我最好了。"

惊蛰沉着脸看了乔月半一眼，没说话。

乔月半笑一笑，把头靠过去，凑在惊蛰的脖颈处，还真乖乖地闭上了嘴。

惊蛰入楼之后就要关门，青幼跟在惊蛰和乔月半的身后，伸出一只脚卡在门缝里。

"和我做笔买卖，我保证亏不了你。"

惊蛰笑着道："这话让你说的，这天上地下，我吃过谁的亏？"

莲青看了一眼因为腿麻险些就要匍匐前进的乔月半。

楼鱼侧过头看了一眼因为腿麻一脸狰狞的乔月半。

青幼也把目光放在了，因为腿麻所以绝望到生无可恋的乔月半身上。

惊蛰注意到这三个人的眼神，面无表情地扯起嘴角，险些就要哭出来。

青幼活得比谁的年岁都长，若不是出了当年的事情，现在恐怕已经是仙界数一数二的仙人了。她是知道惊蛰过去的人，于是她倾身上前，红唇轻启，在惊蛰的身旁说了句话。

"此话可是当真？"惊蛰这么问青幼。

青幼笑了笑，对惊蛰说："你再仔细地瞧一瞧你的姑娘。"

惊蛰没再看过去，因为在抱起乔月半的时候，他就看出了乔月半身体里缺陷的那一块被补上的痕迹。

青幼知道惊蛰明白了，便说："这是诚意。"

惊蛰点点头，问青幼："你要做何买卖？"

青幼没说话，风把她的衣袍吹起来，像那年她与白若第一次遇见那小药师、遇见臭和尚时的风一样的温柔。

不过是片刻之间，风就将她的眼眶吹红，一双眼中藏着泪。好一会儿，她才回过神来，伸手抹了一把眼泪后将自己要做的买卖说给惊蛰听。

❰2❱我长得和你喜欢的那个小白脸哪个更帅一点？

乔月半因这几日被青幼附了体的缘故，所以颓废得很，如今青幼从体内出来了，乔月半就又抖擞起来了。

乔月半对着镜子重新梳了梳头发，用嵌月钗绾了个发髻，再戴上眉心上的坠子。

犹豫了一番之后，乔月半起身从柜子里拿出那件搁置了好久的蓝色的袍子穿在身上。对着镜子打量了一番之后，她还是觉得缺了些什么，直到不知何时靠在门前观看了好久的惊蛰，远远地扔给她一张面具。

乔月半接过去之后，不解地看向惊蛰。

惊蛰俯身在香盆之上燃了两支味道清淡的香："你把脸遮上就什么都不缺了。"

乔月半把面具扔在了惊蛰的脸上。

"我看你才最需要这个。"白眼一翻，乔月半没好气地嘟哝。

"今儿又是中了哪门子的邪，怎么寻思打扮起来了？"惊蛰对乔月半上上下下打量了一番，忽然觉得他家的姑娘长得还算亭亭玉立、有模有样。

乔月半笑一下，拉过惊蛰神神秘秘地对他说："我有喜欢的人了。"

惊蛰脸一沉，不高兴地问："谁？"

乔月半摇摇头，然后又笑得害羞："不能告诉你，反正……反正长得特别帅。"

惊蛰答应了青幼要帮她找到她的老友们，本来是打算过几日才出发的，可被乔月半这么一句话给膈应了之后，他当下就收拾了细软，唤来仙鹤把乔月半夹在胳膊底下离开了。

得快点跑，要乔月半离那小狐狸精远一点。

乔月半挣扎了半晌后，好不容易才从惊蛰手臂的桎梏之中挣脱出来，面色沉重地坐在惊蛰对面，十分不高兴地问他："我们这是要去哪儿？"

"世外桃源，你会喜欢的。"

乔月半想了想，一脸凝重地问惊蛰："那里有赌场没？"

惊蛰身子一歪险些没从仙鹤的背上摔下去："你喜欢的那个男孩子

和赌场比，哪个更重要？"

"赌场！"乔月半回答得干净利索。

"那我和赌场哪个重要？"

"越活越糊涂了是不是！没有你，我怎么去赌场啊，所以当然是你比较重要啊！"

虽然理由有些让人恨得牙痒痒，可惊蛰还是笑得一脸欣慰，伸出手揉了揉乔月半的头。

总算有一次，让惊蛰觉得自己养的不是一只白眼猫。

两个人闹够了，乔月半就四仰八叉地躺在仙鹤的背上，偶尔用手指卷过惊蛰的发丝在手里把玩，更多的时候是缩成猫身窝在惊蛰的怀里睡觉。

乔月半问惊蛰飞了这么远的路要去找谁，惊蛰却还在执着于乔月半喜欢的那个人，把手中一直捏着的小镜子收起来，转过身再一次认真严肃地问乔月半："我和你喜欢的那个小白脸，哪个长得更帅一点？"

乔月半手中的毛笔毫无征兆地就扎进了惊蛰的手背上。

看着惊蛰眼珠子都快要瞪出来的模样，乔月半理了理头发，再次发问："先回答我，我们到底要去哪里？"

惊蛰没有得到答案很不高兴，把毛笔从自己的手中抽出来，对着空中做了一个要扔的姿势，本来是想吓吓乔月半的，却没想到手一个哆嗦，然后……他真的扔出去了。

于是，一系列的连锁反应就出现了。

猫追笔，人追猫，双双从仙鹤背上跳了下来。

所以这完全是一支毛笔引发的悲剧，最后悲剧的结果就是惊蛰抱着乔月半仙女下凡一般地落在了皇妃塔的塔尖上。

当时的场景被很多来皇妃塔上香的善男信女看见了，一个身穿白色兽纹锦服的男人怀抱一只通体雪白、双目蓝色的猫就那么莫名其妙地出现在了空中，而后身姿轻盈地站在了塔尖上。

好像只要是美人和大侠又或者是其他正面人物出场，都会有一阵风将衣袍吹起，三千发丝飘逸如仙，于是惊蛰出场的时候也有一阵温柔的风吹过来，把他白色的百兽袍吹起，也将他的墨发扬在空中。

这些善男信女仿佛看到那个风华绝代的男人微微俯身对着怀中的猫说了些什么，不过是一个眨眼的工夫，男人那怀中的猫就变成一个身穿蓝色华服，眉心吊着精致坠子，有着一双上扬眸子的少女。

白色华服的男人低头看了一眼怀中的少女，然后弯了弯那双含着笑的美眸，笑起来的模样，举世无双。

一些人以为见了灵怪，一些人以为见到了仙神。有的人怕，有的人拜。

惊蛰见状低头对怀里的乔月半说："他们怕你呢，笑一个给他们看看。得让他们好好瞧瞧，我家的姑娘笑起来可比那天上的仙女好看多了。"

乔月半虽然总和惊蛰唱反调，但关键时刻她绝对不会掉链子，尤其是这样正面且风光的时刻。

听了惊蛰的唆使之后，乔月半眨了眨眼睛，忽地对着眼前的一众生灵就扬起了一个云淡风轻的笑。

惊蛰也不管眼前这帮人的反应，抱着乔月半转身就从皇妃塔的塔尖上跳了下来。

惊蛰不得不承认，乔月半笑起来一点都不傻，还好看得紧。

❀③❀ 你再等我几日，过了几日，我就回来了

惊蛰记得他来过这里，那时这座塔还不叫皇妃塔，它曾有一个让人

如雷贯耳的名字，只要提起它的名字，无论是背影佝偻的老叟，还是穿着兜肚的小儿们的脑海中都会出现一个民间故事。

惊蛰想了很久才想起皇妃塔曾经的名字，如果惊蛰没记错的话，它应该叫雷峰塔。

也不知何时改了一个如此风月的名字。

惊蛰笑笑，打开了眼前的结界，与乔月半一前一后地进了皇妃塔塔底的结界之中。

白衣女子听到声响转过身来，长久地被压在塔下，她已经落魄得不成样子，头发凌乱地散下来，一身白袍也破烂不堪，只有一张容颜还依旧漂亮。

白若看到惊蛰时有些诧异，这还是这么多年来，第一次有人能够徒手打开她的结界。

乔月半民间故事听多了，没想到有朝一日能亲眼见到故事中的女主人公，不禁好奇地多看了两眼。

白若不过看了一眼，就看到了乔月半体内青幼留下的修行。

白若顿时便明了，平静地问："是青幼叫你来找我的？"

惊蛰耸肩，上下打量了一番白若所处的结界，对这阴冷潮湿的地方实在喜欢不起来："青幼想见见老朋友，你只是其中之一。"

"还有许仙与法海，对吧。"说到这里，白若笑了笑，问惊蛰，"为什么要来找我呢？还是她忘了，当年她是怎么与法海一起将我压在这雷锋塔底的了？"

乔月半听后一个嗝卡在喉咙里没打上来，险些把自己憋死。指着白若，乔月半吓得都快要哆嗦了："是青幼把你压在这下面的啊？为什么啊，你们不是好姐妹吗？"

"为什么呢？"白若想了想，把头靠在阴寒的墙面上，好一会儿想清楚了才说，"可能是因为当年把伞借给许仙的人明明是披着我皮囊的青幼，而我却对许仙说那人是我吧。"

乔月半的手哆嗦得更厉害了，看着惊蛰一副受了惊的表情，对他说："女人简直太可怕了，怎么就会算计身边的人啊？"

"虽然你是一只猫，但你也是只母的。"惊蛰揉了揉她的头，温柔地提醒。

"所以我最喜欢坑你了。"乔月半歪着头对着惊蛰笑，那张脸上的纯良与无害让惊蛰心累。

白若笑一笑，转过身不去看惊蛰与乔月半，只是冷声说："我不会见她的，让她别来找我。"

白若话音刚落，青幼就从昏暗的石阶上走了下来，看到白若，青幼悠悠地唤了一声："姐姐。"

白若看了青幼一眼，没应她的话，只是靠在阴冷的石壁上，半晌后闭着眼睛把头侧到了一旁。

青幼笑一笑，她一早就料到了白若会有这反应，也不恼不怒，站在离白若还有几步远的地方，左手交叠着右手放在小腹前，一副乖巧的模样。

"许久未见，我与姐姐都有些生分了，本来是攒了一肚子的话的，如今也想不出该要说些什么了。"青幼舔了舔干涩的嘴唇，看着白若笑得有些局促不安。

"那便不要再说了吧。当年抢了你的许仙，是我对不住你。你联合法海将我压在雷锋塔下，也算是还了我一报，我们已经互不相欠，姐妹情深这种话，就不要再……"

"我是来见你最后一面的。"青幼出声打断白若的话，一双绿眸里盛满了泪水，晶莹剔透的，带着悔恨。

青幼知道自己罪孽深重，这么多年来，每一天她都在想着，她为什么要为了一个男人去害白若呢？

当她还是一条蛇的时候，她就跟着那白衣的姑娘，十年、百年、千年，甚至万年。

青幼跟了她那么久，到最后却为了一个只有一面之缘的男人对她心生恨意，将她压在这塔下，永生永世。

不该，太不该。

眼中热泪止不住，姑娘声声哭着，也声声说着："姐姐，我知过不能改，所有的一切都已回不了头，而今我不求你原谅，只想最后看你一眼，得以无憾。"

青幼说这话的时候没去看白若，在一开始她就把目光放到一旁，说着说着还笑了起来，长叹一声，摇了摇头。

糊涂，当真是糊涂。

"姐姐，我会救你的，等我最后再看一眼老朋友。你再等我几日，过了几日，我就回来了。"然后她敛下眸，没对白若说是她主动找惊蛰，那有能力打开结界的男人。

只是惊蛰说要破坏结果，需要一味药引，燃其自身，毁其根源。

抿嘴笑一笑，青幼敛敛眸，低声地说："而我，愿做姐姐的那一味药引。"

不过是性命一条，红尘一场。

青幼已经看得太透彻，早已不留恋了。

若是能在死前圆了这所有的遗憾，想必也是能瞑目了。

说起来，也不过是活了太久，活够了而已。

那是她最爱的姑娘，也曾是这世间最爱她的姑娘，她愿意给白若自由，哪怕要燃烧性命。

青幼走得慢,像是在细细打量这人世,步伐却也没停过,那么长的一条路,头也没回一次,没一会儿身影就消散了。

白若靠在墙上,双眼有泪,却始终不哭。

乔月半瞧着这姐妹二人,出声问:"如果这真是最后一面,你不想对青幼说些什么吗?"

白若怔了怔,然后抬眸去看那青衣身影,好像风一吹就要散,来也无踪,去也无踪。

苦笑一番,她摇头。

"一句都没有?"

"一句都没有。"

乔月半还想说些什么,惊蛰却伸出手粗鲁地将乔月半给揽在了怀里,顺势将她的话也抢了去:"每个人都有每个人的苦,苦楚不同,感受不同。既然白若说没有,那便没有。"

毕竟那漫长的余生,无牵无挂的白若,还要靠着对青幼的仇恨度过。

怎么能轻易就将其释怀。

青幼走后,惊蛰与乔月半也没有理由留在这里了,对着始终不敢把表情表露出来的白若打了声招呼后便离开了。

白若没应声,只是乔月半与惊蛰走了没几步,就听到从结界之中传来的哭声。

当真让人感触良多。

"接下来我们要去找谁?"出了结界,乔月半问惊蛰。

"先去吃饭。"说着,惊蛰睨了一眼乔月半,故作深沉地问她,"听说你前几日走怀旧风，怎么样，街角的老鼠可还合你胃口？"

乔月半听后挥起手中的毛笔，咬紧牙关对着惊蛰就挥了过去。

惊蛰知道自己这么贱铁定得挨收拾，所以在乔月半的手挥过来的时候一把就抓住了她的手腕，挑了挑眉，对着她笑得贱兮兮的。

手臂一用力就将乔月半带进了怀里，唤来仙鹤，惊蛰抱着乔月半上了仙鹤的背上，同时不忘对她说："都说一方水土养一方人，带你去尝尝其他地方的老鼠是啥味。"

"究竟是怎样的水土能把你养得这么贱。"乔月半用目光狠狠地剜了惊蛰一眼。

◈4◈ 天快下雨了，借把伞给我吧

许仙已经转世太多次，要找他不容易，就是找到他，也是枉然，在轮回路上走了那么多遭的人，怎能记得午夜梦回时，梦里那一青一白的身影究竟是何时欠下的孽债。

惊蛰不说，青幼也明白，可她还是想再看一眼。

"我就看最后一眼，看完了，我也就能安生地去死了。"这是几日前青幼站在日光之下，眯着眼睛漫不经心说的话。

惊蛰觉得这女人性子太倔，当年因为看不开，害了白若，也害了她自己。现在又因为放不下，就要亲自掐住自己的七寸，在自己的掌中，灰飞烟灭。

惊蛰不喜欢活得这么执拗的人，能帮青幼办事，完全是因为青幼给的报酬太过诱人。

找到许仙并不难，毕竟当时青蛇白蛇的故事也是名震四方的。投胎轮回的时候，冥官们多多少少都多加留意了几分。

带着青幼去见许仙的时候，惊蛰与乔月半却一起坐在那间院子里的老杨树上翻花绳。许仙听到响动便推门出来，本来是想问问坐在树上的惊蛰与乔月半是来做什么的，没想到迎面就撞上了一个青衣女子。

青幼看着这一副陌生的眉眼轻轻地将眉头蹙起来，一双眼里满满的都是晦涩。

人人都要变，许仙也躲不过。

终究不再是那深爱至深的一双眉眼，轮回之中换了一次又一次，竟是瞧不出当年的半分模样。

说来，也有些可笑。

因为那一场荒唐，有人还在塔底苦苦煎熬，也有人投胎转世，说忘就忘，连那熟悉的眉眼，找都找不到。

还不等青幼问些什么，眼前的转世许仙就带着疑惑出声问："姑娘可是走错地方了？"

青幼侧过头把目光放在惊蛰身上，见惊蛰没反应，于是青幼笑了笑，柔声说："没走错，我就是来找你的。"

"找我？"转世的许仙上上下下地将青幼打量了一番之后，才敢确定地开口，"我与姑娘似乎从未见过面。"

"从未见过面吗？"轻轻呢喃着这句话，青幼低着头忽地就笑得很灿烂，"是，我们确实没见过，是我记错了。"

仰头看了看万里无云、烈日炎炎的天，青幼问转了世的许仙借了一把油纸伞。

"天快下雨了，借把伞给我吧。"说话间，她轻轻敛眸，唇齿间呵出一个笑来。

欠我的，都还给我。

一把伞都不要留。

转世许仙看了看如此晴朗的天空，又抬头看着青幼眨了眨眼睛，反复确认："你确定要用伞？"

青幼笑："是啊，我要用伞。"

转世许仙虽然不理解，可还是带着一头雾水转身进屋，拿了把伞交给青幼。

青幼接过伞，指尖擦过他的指尖，让她一瞬间泪目。

没变，脸变了，可那手指上的纹络却没变。

难免想起那年西湖烟雨，他来问她借伞，唤一声娘子，把她的脚步叫停。

纸伞递过去，也是这般的指尖亲吻着指尖，纹络亲昵着纹络，谁也不想饶过谁。

谁也没想到最后会演变得那般惨烈，流血也流泪。

而今，时过境迁，千年已过，欠下的，也还要还。

低头看着那指尖，那姑娘心中百感交集得不知该说些什么好，要问候一声吗？

叫他一声许仙，问一句近来可好？水漫金山敢忘吗？是否还记得那年的西湖烟雨和一青一白身影一双？

这一切的一切，有没有陪他走过这一世又一世的轮回路，那段刻骨铭心的爱恋，真的变成云雨一阵，随风而散了吗？

什么都想问，却也什么都问不出。

沉默了好一会儿，青幼抬起头看向转世许仙，言语平静地说："你把东西还给了我，我们就再也不相欠了。我要走了，你……你多保重。"

别去听那戏文里的青蛇、白蛇、许仙、法海，那后人笔下的每一字，都是错。

没了那一青一白、水漫金山,我的许仙,你好好地活。

姑娘笑了笑,这一次,也没回头。

乔月半以为会有多热闹的场面,没想到如此无聊。青幼走后,她也跳下了树,一边用手给自己扇风,一边脚步匆匆地往外走:"得挑个凉快点的地方避避暑,这天怎么说热就热了啊。"

惊蛰跟在乔月半的身后,听着乔月半的小声抱怨,始终面色温柔。然后也面色温柔地看着乔月半绊在了门槛上险些把门牙摔掉,愣是没提醒她一句。

"怎么这么不小心啊,我就少看了你一眼你就摔了,傻成这样还喜欢别人家的小伙子,让人知道了不得笑话死你。"惊蛰敛住笑,上前拉起门牙都快要被摔松了的乔月半,一脸的关切。

乔月半捂着嘴,糯糯地说了一句:"疼——"

惊蛰见状这才忍不住笑出来,拉住乔月半让她走在自己的身旁,嘱咐着说:"下次要摔了你就喊我一声。"

"你能拉得住我?"乔月半泪眼汪汪地望过去,看起来我见犹怜的,那不信任的语气能气死好几个惊蛰。

惊蛰听后也依旧笑着,一双美眸弯起来,满脸的温柔挡也挡不住,摇了摇头,他说:"谁说我要拉住你了,你叫我一声,我好过来看热闹。"

乔月半眉头一拧,在惊蛰的小腿上狠狠踢了一脚。

惊蛰被踢了反倒笑得更开怀,甚至到最后还笑出了声来,那般开心的模样,好像是遭遇了什么喜事儿一般。旁人看了也连带着跟着欣喜起来,唯有乔月半捂着嘴,琢磨着得挑个人少的地方,把毛笔塞进惊蛰的嘴里,看他还能笑得这么开怀。

❮5❯ 风总是能卷起黄沙，也卷起姑娘的裙摆与长发

惊蛰与乔月半没有再替青幼去寻法海，因为法海主动找了过来，在青幼与转世许仙见了面的第四日。

法海找来的时候正是一个清晨，那时天还没有大亮，天地之间茫茫的一片，看不清这人世间。好久之后东方才有一抹日光出现，跟在那个远来和尚的身后。

青幼不大爱睡觉，那天法海来的时候，青幼正在城门口的茶铺子里喝着那里隔夜的凉茶，苦涩刚刚入了口，那远来的和尚就进了视线之中。

青幼见此笑笑，放下缺了口的茶碗，扔下一片蛇鳞当作钱币，而后起身去迎老朋友。

自从白若被压在了雷峰塔下之后，法海便离开了雷峰塔。传闻说他是去云游四方，普天下之佛道，这么些年来，都杳无音讯，偶有人看到他的身影，大多也都是在湖畔的雷峰塔旁。

一些人问他回来做什么，和尚听后便把目光放在那雷峰塔上，轻声道："守着老朋友。"

青幼每一次听到法海离开雷峰塔之后的去向便掩着唇笑，上次也是这样："什么普天下之佛道，这六根未净的和尚一定是觉得对不住佛，才不愿留在那佛前，脏了佛的眼。"

然后青幼就又说："我太了解我的这个老搭档了，他才不会去云游四方，他只会躲在一个无人的地方，去守着那雷峰塔底被我们害惨了的姑娘。"

"好久不见了，法海。"青幼这么打招呼，总是冷清的面容在看到老朋友的那一刻，也扯出一抹温柔的笑。

白若见了，转世的许仙见了，如今这位远来的和尚也见了。

"听说你在找我？"法海出声，并非是沧桑老态的老人声，相反那声音却是好听得很，温润如水，倒也配得上那张英俊的脸。

"我找了很多人，只是想见一见老朋友。"城门外是一片苍凉的黄土地，风总是能卷起黄沙，也卷起姑娘的裙摆与长发，遮住了青天，也遮住了一双泪眸。

"是白若对你说的吧，我在找你这件事。"说完，青幼笑一笑，长叹着说，"真好啊，这么多年，那么多人、那么多事都变了，许仙转了世，我也早早就放下了他，唯有你，唯有你一直将姐姐放在心尖上。原来当初说的不敢忘，竟是真的。"

拂过被风吹乱的头发，青幼把自己始终不解的问题抛给了法海："你说究竟为什么，为什么那个时候我们那么看不开，他们愿意爱谁，就去爱谁呗，何必将他们逼到那步田地。"

"我听惊蛰公子说，你要将这红尘舍去？"法海看着眼前的老友，还是忍不住问。

青幼听了便笑起来，无所谓地说："活太久了，没意思。我只是在赎我的罪而已，雷锋塔底可不是一个好去处，白若她应该活在阳光之中。"然后抬头看向法海，青幼问他，"你要比我明白。"

法海没应话，只是对青幼说："我离开太久，我该回去了。"

"最后一面了，这么多年的朋友了，留句话给我吧。到死，我都能记得。"

法海停下脚步，半晌后他张了张嘴，说："白若让我告诉你，再也不相见的岁月，要珍重。"

青幼笑了笑，合上眼，眼泪便将这黄土地打湿："这句话我是用不到了，你帮我转交给她吧，再也不相见的岁月，要珍重。"

法海还想说些什么，一向寡言的人儿到最后还是没能对眼前的这位老朋友说上一句：生命不易，而我希望你能珍惜。

同为铸成大错的人，法海能明白青幼的全部心情。只是他还做不到像青幼这般，只要白若还活着一天，他就有他的放不下，他要好生地活着，守着他的罪孽，也守着白若。

风越来越大，风沙外，穿着素净青袍的和尚走向远方，风沙里，青衣的女子捏碎了自己的七寸。

惊蛰收了青幼所有的精元，但他却并没有将其全部放在乔月半的身上，而是收了起来。

现在，还太早。

青幼并没有那么快就烟消云散，她来找惊蛰做的是两笔买卖：一笔，是找到老友；另一笔，在她还未烟消云散的时候，将她的三魂七魄都放进雷锋塔底。

她的魂魄，会燃成一片火焰，将那无法轻易打破的结界烧成碎片，解救塔底的女人。

虽然知道青幼的做法是愚不可及，可惊蛰还是照办了。

那是青幼的选择，惊蛰无权干预。

雷锋塔底常年不见阳光，又挨着西湖，阴冷与潮湿是自然的。想在这里燃起一把大火，除非是用三魂与七魄来助燃。

惊蛰在白若看不到的地方点燃了雷峰塔，火芯，是青幼。

那如同铜墙铁壁一般的结界被一团火舌用尽了全部力气撞开，然后火苗越烧越旺，将那害死人的结界，都烧得精光。

火苗烧得凛冽作响，仿佛在说：姐姐，我来还你自由。

白若只是眼睁睁地看着这一场大火烧毁了这座困了她千万年的塔，本以为只是寻常的大火，可看到那一簇火苗凶猛地将结界撞开的时候，白若终于明白。

那是青幼，这团火，是她的青幼。

白若喊了一声，叫她不要这么做。那团火却依旧义无反顾地将所有困住白若的东西烧成了一把灰烬。

青幼还可以说话，可她却什么都没说，任由火苗一点一点地熄灭，看着眼前哭成泪人的白若，只是轻轻地笑了笑。

最后一点星光始终不灭，无声之间好像有人低语。

姐姐啊姐姐，今日我来，给你自由。

莫再执着许仙，几日前我寻到他，原来所有的一切，早就改变。

这一次没再骗你，你呀，好好地活。

听话，不哭。

我要走，你莫念。

这一声声，这一句句。

听不到，但这情深意切，在那火苗里都看得到。

乔月半与惊蛰又远远地坐在一旁看热闹，见白若哭得伤心，乔月半问惊蛰："她这算是原谅青幼了吗？"

惊蛰哪里知道这女儿家的心思，却又不想在乔月半面前丢了颜面，于是故作深沉道："佛曰，不可说。"

乔月半听后扯了扯嘴角，白眼一翻，懒得理他。

第七章 / 沉墨香

"你还能护她多久?"
"护她到死。"

1 玉龙麟给你，这一生，你都得给我熬香

惊蛰的铺子已经许久没开张了，惊蛰和乔月半每日都跷着二郎腿，坐在门前摇着蒲扇晒太阳。

两人整日天南海北地扯淡，说了西海里的蛟龙也谈过那西天里的凤凰，从九重天上聊到阴曹地府，终于在今日，这两人唠到了人间。

说起那些神棍、半仙儿，惊蛰就要嗤笑，摇着蒲扇嫌弃地撇嘴："尽是些老不死的。"

这话音才落，乔月半就想起凉京城内近几日的传闻，说起那在凉京城内小住的半仙儿，人人都要竖起一根大拇指，高喊一句："好！"

有人说那半仙儿是神仙转世，来这人间渡劫来了，因此才可无人不知无人不晓；也有人说那半仙儿是个修仙的道人，经过这一世就要飞升了。

茶余饭后，流言蜚语，说什么的都有，怎么说都神。

恰巧有人从眼前匆匆而过，说那半仙儿而今就在那城门前，纷纷想

去瞧个仔细。

乔月半好奇，拖着惊蛰要他陪着一起。

对这泼皮着实是没办法，惊蛰公子只好不情不愿地跟去。

却没想到还有意外收获，在人群里看到了几年没出过门的制香师城墨。

而后又看到那半仙儿，于是这才明了。

原来是老朋友，遇见了老朋友。

城墨坐着轮椅离那个瞎子半仙儿有好一段距离，听到惊蛰二人的脚步声便回过头来。见来者是乔月半，城墨对她伸出手。

乔月半看到城墨的掌心里面躺着一颗香料珠子，即便是离了一些距离，她也闻得到那珠子传过来的香气，必定不是什么凡物。

乔月半有些迷茫，倒是身后不知何时跟上来的惊蛰笑得和气，上前顺手就抓过那珠子收进了怀里，对着城墨说："这么多年的老朋友了，何必跟我讲究这些呢。"

乔月半看惊蛰又是这样笑得见牙不见眼的虚伪，别过脸露出嫌弃的表情。

惊蛰伸手不轻不重地在她脸上打了一下，抬眼对城墨说："我会叫人把你那半仙儿留住的，不过这里可不是个说话的地方。"

城墨明白惊蛰话中的意思，自己转着轮椅跟上了惊蛰的脚步，随他一起回到断楼。

乔月半忙上前帮他推轮椅，但城墨还不放心惊蛰，抬眼对他说："我给你香料种子，你得把玉龙麟给我。"

"我把玉龙麟给你，这一生，你都得给我熬香。"惊蛰推开断楼的门，与城墨讨价还价。

这听在乔月半耳中就是惊蛰落井下石,欺负残疾人,她恨不得跳起来狠狠地打惊蛰一顿,却没想到听了这些的城墨异常的平静,点了点头应了声"那是自然"。

乔月半惊得眼球都要掉出来了,瞠目结舌地看着城墨问:"你真的答应惊蛰这个黑心商户的要求了?"

城墨点点头,问惊蛰要玉龙麟。

"你还要亲自给她不成?"说着,惊蛰顿了一下,打开百柜中的一个匣子,把玉龙麟扔过去,"她一介凡人却窥探天机,遭了天谴。你为了护她折了双腿,舍了仙格,落魄成现在这副模样……"

说到这儿,惊蛰沉默片刻,抬头凝视一眼城墨,沉声问道:"你还能护她多久?"

"护她到死。"城墨说完这话之后就推门出去了。乔月半听了这一大通内情愣在原地,没人帮他推轮椅,所以城墨走得有些缓慢。对面的楼鱼看不下去上前帮了一把,将城墨一直推到半仙儿面前。

乔月半推开窗户,把不远处的情形看得清楚,城墨来到半仙儿面前并未将一早准备好的玉龙麟交给她,而是说:"我来算命,帮我看看我的命格吧。"

半仙儿终于把脸转了过来,只见她双眸轻轻闭着,薄薄的一层眼皮遮住了下面那双再也看不见了的、空洞的眸子。

半仙儿伸出手在城墨的脸上一点一点地摸过,一点点微小的地方也都不曾落下。

那粗糙的手轻抚过城墨的眉眼,反复摸了很多次,眉眼、鼻梁,还有那失了血色的一张唇。

半晌后,她笑一笑,对城墨讲:"老朋友,真的要当作不认识我吗?"

城墨有些惊讶，他们已经许久未见了，半仙儿如今还是个瞎子，竟然这么轻而易举地就认出了他。

可城墨还是没说太多的话，只是问半仙儿："我的命格怎么样？"

半仙儿笑，说道："和多年前一样，犯桃花。"

城墨听到半仙儿的话也敛眸笑笑，拿出手心里握着的玉龙麟放到半仙儿身前道："这是报酬，你拿着它去找一个叫惊蛰的公子，他会帮你医好眼睛的。"

"那你呢？"半仙儿问。

"我自然是去我该去的地方。"说着，城墨转身要走，半仙儿却一把抓住了城墨的手腕，粗糙的手轻轻地去摸城墨掌心的纹络，眉头越皱越深。

"你本该是那九天之上的仙人，为何落魄至此？"半晌后，半仙儿松开了城墨的手，问城墨。

"因为我犯了桃花劫。"城墨说得云淡风轻，害怕半仙儿不收，城墨把玉龙麟往半仙儿身前推了推，"收好你的报酬，这是我唯一能给你的东西了。"

"先别走，"半仙儿的声音在身后轻飘飘地传过来，提了提嘴角，笑得温婉，"我瞎了太久了，也忘了过去的很多事情，好不容易让我碰见一位老朋友，你能对我讲讲过去的我，是什么样子吗？"

"你连过去的自己都记不清了，怎么一下子就认出了我？"城墨听到半仙儿的话果真没走，看着半仙儿失笑。

"我也不知怎么，一下子就认出了你，可能是……"说到这儿，半仙儿顿了一下，片刻后才继续说，"可能是你身上的香料味道还没变吧。"

半仙儿这么说着，然后不动声色地将那片玉龙麟收起来，向城墨确认：

"你说的惊蛰公子,他在什么地方?"

"在你的东南方。"

半仙儿听后若有所思地点点头,等了一会儿见城墨不说话,便着急地催他:"你快对我说说,我以前是什么样的啊?"

城墨也记不清了,眯着眼睛想了好一会儿后,才记起那场连续下了半月有余的大雨。

他就是在那个时候遇见半仙儿的,那个时候半仙儿就已经名震四方,比起城墨这个九天之外的仙人,半仙儿似乎更受别人信服与敬仰。

城墨便不服气地找到半仙儿,问她:"你有什么能耐,能让这帮人世里的凡人这么信你说的话?"

那时半仙儿双眼还能看得见,城墨的双腿也还健全,所以半仙儿看了城墨一眼,就下了结论:"你有桃花劫。"

城墨那时年轻气盛,哪里会信一个黄毛丫头的话,下巴一扬,直接用鼻孔去看半仙儿,不相信地说:"笑话,我堂堂九天之上……你骗得了别人,你可骗不了我。"

"那就走着瞧。"

"好啊,那就走着瞧。"城墨理了理衣襟,说完这话之后就跟在了半仙儿身后随她一起出去,一边走还一边说,"我一定要让你知道,你的话都是无稽之谈。"

半仙儿一直被人质疑也不服气,转身对着城墨说:"好啊,那我们就看看,究竟是你身子骨硬朗,还是我说过的桃花劫来得更厉害。"

城墨爽快地应下,与半仙儿一起走在雨里,静等着半仙儿嘴巴跑风,说话再也不灵验的时候。

可半仙儿的话却都一一实现了,东街的王婶子果真应了半仙儿的预言于今年冬天怀上了孩子，连生了七个女儿的她也如半仙儿所说生了个男孩；那寒窗苦读十年的书生果真死在了一场火灾之中，死因也和半仙儿说的一样，烛火点燃了书本，燃起来的火苗烧垮了茅草做的房子；西街里的寡妇果真在梅子初熟的季节找到了良人，也如半仙儿所说，那人老实巴交的，把寡妇疼到了骨子里。

这样的事情在这半年里发生了很多，半仙儿的能耐，城墨终于相信了。这时，他就有些好奇，他的桃花劫究竟是什么了。

于是他就去问半仙儿，谁知半仙儿只是睨了他一眼，冷淡地说："你不是很厉害吗，来求我做什么？"

城墨差点没把茶杯咬碎，气急败坏地对半仙儿说："我一定会让你明白神棍与神仙之间的差距！"

于是隔日，半仙儿就看到自己铺子的对面不再是那个卖菜的老大爷，而是换成了衣冠楚楚的城墨坐在那里，一旁挂着面活神仙的旗子，倒是把架势做得气派十足的。

跟城墨的铺子比起来，半仙儿的铺子就寒酸多了，什么也没有，甚至连忽悠人的旗子都没有一面，只有一把冰凉的板凳和一张瘸了腿的桌子。

可能是图新鲜吧，不少人纷纷倒戈去了城墨那里想要知道自己的命数。

也可能是看城墨长得英俊吧，一些平时连门都很少出的女儿家也都纷纷出来，争先恐后地挤到城墨面前要他给看看手相。

城墨这里热闹了起来，半仙儿那儿就萧瑟了很多，只有几个在半仙儿这里尝过甜头的人锲而不舍地来捧半仙儿的场。

看着半仙儿那里萧条的几个人，城墨笑得得意。

半仙儿也不恼不怒，她明白城墨这人就是个绣花枕头，看不出什么玩意儿来。日子久了，那些在城墨那里吃了亏的善男信女都会回到她这边的，到时候城墨自然就嘚瑟不起来了。

果真如半仙儿所想的那般，不过是半个月的工夫，城墨铺子前就门可罗雀，留下来的也只是几个打城墨脸蛋儿主意的姑娘家。

半仙儿这里就不一样啦，她的生意又红火了起来，银子大把大把地赚，吃最好的肉，喝最好的酒，日子好不悠哉。

出了这事儿之后，城墨把半仙儿跟得更紧了，一直等待着半仙儿出错的时候好好挖苦她一番，也要告知那些相信半仙儿的善男信女，这半仙儿就是一个小神棍，不可信，不可信。

可半仙儿的卦从来都没算错过。

❷ 我的卦告诉我，你的桃花劫会毁了你

有一日闲来无事，半仙儿先给城墨卜了一卦，还是之前的说辞，她故作深沉地摸着下巴，对城墨讲："你最好在个人感情方面注意一点，我的卦告诉我，你的桃花劫会毁了你。"

城墨不信她的话，反驳她说："我是个神仙好不好？再落魄还能怎么样，瘦死的骆驼还比马大呢？"

"可是落毛的凤凰也不如鸡啊。"半仙儿辩驳。

城墨叼着梅子的动作一顿，撒泼道："不算不算！"说完他抬头看了半仙儿一眼，忽地就笑了，不怀好意地凑过去说，"你怎么不给你自己算一卦？"

"我对自己接下来的日子没那么关心。"

"我关心啊。"城墨说得理直气壮,三下五除二地就把半仙儿吃饭的家什给塞进了半仙儿的手里,软硬兼施地逼迫着半仙儿给她自己算了一卦。

卦象出来之后,半仙儿看着桌面上的几颗铜板久久回不过神来,好一会儿才苦苦地扯了扯嘴角,长叹着说:"终究是躲不过去啊。"

"躲不过什么?"城墨好奇地凑上前。

半仙儿把卦收起来,在城墨凑过来的脑袋上狠狠地敲了一下,没好气地说:"躲不过你这个扫帚星!"

"话可不能这么说,我好歹也是那九天之上的仙人,怎能用扫帚星来形容我。"

"你以为你是什么好鸟?"半仙儿睨着眼睛看城墨。

"我就让你看看,我的鸟到底好不好。"说着城墨"唰"的一下就站起身,把手放在裤腰处,对着半仙儿就要脱裤子。

说到底半仙儿也是个姑娘家,见到城墨这一副流氓的举动,捂着脸就往后躲,一边躲还一边结结巴巴地说:"你你你……你干什么?"

城墨一边脱裤子,一边恶狠狠地咬牙道:"我让你看我的鸟!"

"你快住手,不然……不然我喊人啦!"

"你喊啊。"城墨倒也不怕,就在半仙儿喊人之前把手往裤子里一伸,还真从里面抓出一只毛色碧绿的鸟儿来。

那小鸟儿啾啾两声,滴溜溜地睁着眼睛茫然地看着这四周,好一会儿后在城墨的手中扑腾了两下,又缩回了城墨的裤腰上,只露出一个头在外面。

"你看看!"城墨扯过半仙儿,指着自己裤腰上露出来的半只鸟头,对她讲,"你说我的鸟到底好不好!"

半仙儿一口气没提上来险些晕过去，指着城墨裤腰内别着的碧绿色的鸟气急败坏地说："你这算是什么鸟啊！"

　　说完，半仙儿就觉得不对劲儿，城墨也觉得不对劲儿。仔细想了想后，城墨看着半仙儿笑得不怀好意，凑过去问她："那你跟我说说这不算鸟儿，那什么才算鸟啊？"

　　半仙儿听后，支支吾吾说不出个什么来，最后气急败坏地推了城墨一把，一边红着脸一边落荒而逃时还不忘骂城墨是个臭流氓。

　　低头拍了拍露出来的半只鸟头，城墨得意扬扬地出去追半仙儿了。

　　城墨追出去的时候就看到半仙儿呆若木鸡地坐在地上，一匹马正要从她身上撒蹄而过。

　　城墨一边向半仙儿跑去一边吹了声哨子，裤腰之处露出半个鸟头的鸟儿就突然飞起，一瞬间在空中变大，只一双腿就有一人高。

　　鸟儿懂得城墨的意思，变大之后就奔着那匹受了惊的马飞去，城墨也快步跑向半仙儿的身旁，若是来得及，或许还能力挽狂澜。

　　只可惜，一切都来不及。

　　这是天意，是那窥探了天机的姑娘注定要尝的恶果，任谁来都扭转不了这乾坤。

　　马儿终究是快了一步，双蹄落在半仙儿的腿上，城墨和那空中的飞禽都晚了那么一瞬，也只是晚了这一瞬，所有的一切，就都不一样了。

　　半仙儿双目睁得老大，显然是受惊过度的模样，城墨将她抱起的时候还听得到她不断说着："躲不过，躲不过。"

　　城墨愧疚极了，觉得是他把半仙儿给害成这样的，若是他没开那不知分寸的玩笑，半仙儿又怎会跑出屋子，落在那马蹄之下。

　　所以满心愧疚的城墨骑上了空中那一丈长的飞鸟，抱着半仙儿回了他的仙山之中，将半仙儿养在了那里。

城墨请来了他认识的最好的大夫来给半仙儿医腿，那大夫也并非凡人，给半仙儿好一顿瞧之后，他摇了摇头，转身对城墨说："她窥探天机，如今这是遭了天谴，救不得。"

"救不得？你不是救死扶伤的大夫吗？"

"我虽是大夫，也没必要为了陌生人去冒险。"大夫如是说道，扔下这样一句话后转身便走了。

城墨和大夫的交谈全被半仙儿听进了耳中。

比起城墨的气愤，半仙儿倒是平静得很。

半仙儿早在她自己的卦象之中看出来了，却没想到这天谴来得如此早，如此让人措手不及。

见城墨气冲冲地过来，半仙儿对城墨说："你不必为我着急，我这是天谴，谁医好了我，谁就要承受我所遭受的这一切，不会有人愿意冒险的。有这时间给我请大夫，还不如找人给我做一把好轮椅，这样我就能继续为祸人间了。"

城墨没好气地白了半仙儿一眼："你先在我这儿歇着，我就住在你隔壁，有事儿你喊一声我就能听到。"

"那你要是听不到呢？"半仙儿和城墨贫嘴。

城墨的动作一顿，没好气地把藏在裤子里只露出半个头来的鸟拉出来，往半仙儿怀里一推："那你就对它说一声，它记得我身上的味道，多远都找得到我，我看到它便知道你在找我了。"

"你身上的味道？"半仙儿狐疑地嘀咕了一句，往城墨这边挪了挪身子，在他的身上仔细地嗅了嗅，蹙着眉头纳闷道，"奇怪啊，没有味道啊。城墨你是不是忽悠我呢？"

城墨在半仙儿的额头上弹了一下，把半仙儿给安顿好之后转身就不知道忙什么去了。

起初，城墨还在继续给半仙儿请大夫，一般的大夫医不了半仙儿的腿，不一般的大夫见了半仙儿的症状后转身就要走，脚步快得恨不得要飞起来。

时间久了，城墨终于明白了求人不如求己这句话，终于没再请大夫来烦半仙儿，而是闭关半月研制出一种奇怪的香料，每日在半仙儿的房间焚烧，日夜不间断。

城墨甚至还会去那陡峭的山崖上去采药，将其点燃之后熏在半仙儿的膝盖处。

不过是一般的腿疾而已，但这腿疾的源头，来得不寻常。

城墨坚信他能让半仙儿再次站起来，并且可以行走。

比起城墨的劳心劳力，半仙儿倒是一点都不关心自己的腿怎么样了，坐在轮椅上在城墨的仙山上逛了一圈又一圈。

今儿好不容易逮到城墨了，半仙儿把嘴里的葡萄籽吐得老远，对着城墨提议："你这仙山是不是太安静了，不打算招几个门生吗？"

"你有兴趣？"城墨提着串葡萄过来，坐在半仙儿身前对着她挑挑眉。

半仙儿撇嘴，表情十分嫌弃："或者你不招门生也可以，那凡人敬你信你，你总得给他们点甜头尝尝吧。"

城墨听了之后觉得半仙儿说得有道理，认真思量了一番之后点点头，说道："成，等我把你的腿医好之后，我再去普度众生。"

半仙儿听后把嘴里的葡萄籽冲着城墨吐过去，气他不懂自己的用心良苦。

没人会喜欢庙宇落魄、门可罗雀，只有被人敬着爱着，于修为才有进益。半仙儿不想因为自己，而害了城墨。

城墨摘下粘在自己衣领上的葡萄籽有些茫然,不太懂这女人生气的点在哪儿,坐在葡萄架下面苦思冥想了好久都没寻思过味来。

③ 我受得起,可你受不起

晚上,城墨又拿了一支香在半仙儿的屋子里点燃,那时半仙儿正坐在桌子前,对着掌心内卜卦用的铜板发呆。

城墨见半仙儿没搭理自己就贱兮兮地凑过去,不轻不重地在半仙儿的头上敲了一下:"想什么呢?"

半仙儿闻到屋中香料的味道,突然转过身慌张地将城墨刚刚点起来的香掐灭,转过身对着城墨说:"我不需要你对我好,我要下山。"

城墨不知道这今早还好好的半仙儿突然是怎么了,想过去问问,谁知刚迈了一步半,半仙儿就把手中的铜板对着城墨扔了过去,同时还对着他喊道:"你别过来!"

城墨被半仙儿吓到了,还真就停下了动作,看着半仙儿迷茫地眨着眼睛。

"我要下山。"半仙儿又说。

城墨这会儿也缓过劲儿来了,厉声拒绝了她:"不行,把你的腿医好之前,你甭想下山。"

"你凭什么管我?!"

"凭我是那九天之上的仙人,不是让我给你们这些凡人点甜头尝尝吗,如今我给了,你就好好地受着吧。"城墨一字一句说得强硬,一个弹指飞出去,那香盆里的香料,就又燃了起来,袅袅地冒着青烟。

"我受得起,可你受不起!"半仙儿看到香盆里的香再一次被点燃之后突然疯了一样，俯身举起香盆对着城墨重重地扔了过去。

城墨也没躲，就这么硬生生地挨了下来，任那盆子里的香灰撒了自己一身。

城墨什么话也没说，只是盯着半仙儿看了半晌之后推开门，头也不回地离开。

晚风迎面而来，城墨身上的香灰被晚风扯着领子拽了下去，透过无边的寂静飘在半仙儿的面前。

半仙儿没能如愿下山，可在接下来的日子里她却没能再见到城墨，直到多少年后在凉京的再次相遇。

城墨把仙山留给了半仙儿，一个人安静地消失在了这人世间。

没过几日，半仙儿的腿无缘无故地就好了，她在这仙山上等了几年，没等到那九天之上的城墨仙人，却等到了一群公事公办的仙官。

领头的仙官叫作与尘，他对半仙儿讲："天帝御旨命我来收回仙山……"话还没说完，与尘抬头看了看头顶上的太阳，和颜悦色地对着半仙儿讲："日落之前收拾好东西下山吧，不然天火降下来，可是要遭殃的。"

半仙儿虽然并非那九重天上的仙人，可他们天界的规矩半仙儿也是略知一二的。

有人来收回城墨的仙山，这意味着城墨这人在仙界已不复存在，甚至日落时分空中降落的那一场天火，还要将城墨存在过的证据，烧成一捧灰烬。

今日之后，那九重天上绝代风华的城墨仙人，将只是神话之中渺小得不能再渺小的一个笑谈。百年之后，将不会再有人记得曾有一位仙君叫城墨。

半仙儿无法接受这个事实,坐在那里哽咽了许久都说不出话来,好一会儿半仙儿才问道:"城墨他……他出什么事儿了吗?"

与尘正俯身逗弄着笼中被困住的鸟,听到半仙儿的话后他看了半仙儿一眼,倒也不隐瞒,直接说:"他医好了你的腿,受了你所该受的天谴。身为一阶仙者不能以身作则,明知故犯,所以惹怒了天帝,被贬了仙职。"

"那他现在在哪儿?"半仙儿问。

与尘摇摇头,答道:"人间的事儿不归我管。"

"那我有什么能帮他做的吗?"

"日落之前离开仙山,再也别遇见他,走得越远越好。"与尘直起身来,终于肯正眼瞧半仙儿,一双眸子里冷冰冰地带着警告。

半仙儿没再说话,她把裹在身上的袍子叠好放在原来的位置上,扫了扫柜子上落下来的叶子,给鸟添水的时候贪心地想把一直以来养的鸟儿带走,却也明白仙界的规矩,咬了咬牙还是狠下心来转身。

整理好一切,半仙儿便迈着虚浮的步伐下了仙山,她什么话也没说,走得也利落潇洒,好像一点不舍都没有的样子。只是与尘看到,她的眼中,被眼泪灌得满满的,走一路,便洒了一路。

回忆停在这里,后来的事情,城墨就不得而知了。

城墨抬起头看着眼前失了明的半仙儿好半晌,一句在嗓子里哽了好久的话才缓缓出声:"我走之后,你过得怎么样?"

"还能怎么样,靠给人算命混日子呗。日子久了,就又遭了天谴,瞎了眼睛,也记不住太多了。能活到现在啊,估摸着都是天帝看你的面子,才没让阎王来勾我的魂。"半仙儿云淡风轻地说着,张了张嘴后,那些心知肚明的事情,她还是没能说出口。

她是明白的。在他们最后一次见面的时候,半仙儿给城墨卜了一卦。这时城墨的桃花劫已经马上就要降临,半仙儿不过是轻轻一算便算明白了,原来她,就是城墨的桃花劫。

那九天之上的仙人,会变成一个只能依靠轮椅行走的残疾人。

所以半仙儿要离城墨远远的,所以那天她把香盆摔在城墨的身上,所以她对城墨冷言相向。可半仙儿还是没能如愿地离开,反倒将城墨给逼走了。

半仙儿犹豫了半晌,问城墨:"你呢,你走之后,过得怎么样?"

"还凑合。"城墨也云淡风轻地将往事一笔带过。那天早晨醒来面对突然僵硬的双腿的恐慌,他没对半仙儿讲;被革了仙职,沦落到卖香为生的落魄,他也没对半仙儿说。他那么平静,甚至看着半仙儿时,一双眸子里,还带着浅浅的笑意。

天空落下小雨,半仙儿是最先感觉到的,她伸出手抹去眼角的雨滴,起身告辞:"老朋友,天要下雨了,我得挑个地方避避雨,你也回家吧。"

"嗯,那我走了,你保重。"城墨应下,却坐在雨中没走,一双眼睛看着半仙儿在雨中摸索着,进了惊蛰的铺子后才敛眸笑一笑,转身放心地离开。

❋④❋乔姑娘莫负眼前人

惊蛰这时已经与乔月半恭候多时了,乔月半还是第一次看到如此有能耐的凡人。且不说凡夫俗子能窥探天机这种事有多稀奇,就说遭了这么多次天谴还不死的人,半仙儿可是古今中外的第一个。

半仙儿进了惊蛰的铺子之后,站在屋子里闭着眼睛把这间屋子"端详"

了一遍，因为袍子被打湿，所以半仙儿选择坐在那把没有软料的木质椅子上，这样也方便惊蛰好收拾一些。

惊蛰看后暗自感叹，果真是人瞎心不瞎，她在黑暗之中，这人世间的万物，却看得清楚明白。

比起惊蛰的感叹，乔月半感叹的倒是半仙儿身上那股子腐朽之气，虽然并未被天谴葬送，可一个活人腐朽成这般模样，也有些瘆人。

半仙儿没理会这一主一仆对自己的端详打量，从怀里拿出城墨刚刚给她的玉龙麟放在惊蛰面前，声音平静地对他讲："我要同你做笔买卖。"

"我们这里都是先付钱，后办事儿。"乔月半冷不丁地出声，声音慵懒带着算计。

半仙儿笑笑，她虽然没钱，可她也一点都不担心，因为她还有命。

"我没钱，但是我有惊蛰公子你要的东西。"说话时，半仙儿把头转到乔月半的方向，却对着惊蛰说，"我虽然是凡胎肉体，可我的三魂七魄，却不一般。"

惊蛰明白了。

半仙儿虽然只是凡胎肉体，可她的三魂七魄却因为遭了太多天谴而变得溃烂，像是一个被虫子咬得千疮百孔的烂苹果一般。

但惊蛰要的，就是这样的烂苹果。

这世上除了半仙儿应该不会再有人，与那不可一世的姑娘一样，拥有残破不堪的魂魄了。

于是惊蛰应了半仙儿的话："好，你只管告知你所求，等你死后，你的三魂七魄，我自然会收回。"

半仙儿轻轻笑着，薄唇一张一合，轻启道："我要麻烦惊蛰公子用这玉龙麟，来医好城墨的腿。"

乔月半知道城墨苦心积虑要这玉龙麟的用途，刚刚以为半仙儿拿玉龙麟来找惊蛰医眼睛，还为城墨十分不值，这下她一个咕噜就坐了起来，不确定地问："你确定你是要医城墨的腿？而不是帮你将眼睛治好？"

"我确定。"毕竟，玉龙麟乃开天辟地后孕育出来的第一条龙身上的鳞片，天生带着灵性，跟着不同的人，就有着不同的用处。

半仙儿想把这样灵性的东西用在城墨身上，因为只有依靠玉龙麟，帮城墨医腿的那个人，才不会将天谴转移到自己的身上，将自己变成第二个城墨。

只有依靠着带有灵性、千变万化的玉龙麟，才能将城墨的腿疾彻底移除。

他曾那么风光，他不能永远都坐在那里，依靠着轮椅过活。

她是马上就要归西的人，这种东西用在她身上，浪费。不如给了城墨，虽说欠他的还不完，可这是她唯一能为他做的事。

想到这里，半仙儿低着头忽然就笑了出来。同是女人，她起身时提醒乔月半："乔姑娘，你就继续这样活着吧，半仙儿我看过这尘世里的许多人，都没见过有哪个人的人生，要比乔姑娘还赛神仙。"

半仙儿推开半遮半掩的门，迈开脚步时突然想到了什么一般，郑重地对乔月半说道："忘记了最重要的话了。乔姑娘，莫负眼前人。"

说完，半仙儿就轻轻地走远了，迈着缓慢的步子一点一点地消失在雨中。

途中也想要回头看看，这一别，可真的就是再也不见。

好不容易才能遇到，也想看看那倒霉的仙君，看他最后一眼。

可终归是徒劳，她瞎了眼，看不见这烟雨茫茫，也看不见那街角的男人，露出他的半张脸。

城墨觉得自己何其有幸,最后的最后,还能再看她身影渐行渐远,看她频频回首,依依不舍。

却没上前,他们两人之间,已经无须再见。

只是都要默念,心中那小小的一句,愿你能好。

他帮她医目,她又要帮他医腿。

不但说得出,也做得到。

只是这份情,这份爱,终究是无果。

乔月半听了半仙儿的话笑起来,拿过一个今日在隔壁王大爷店里买的果子咔嚓就咬了一口,四仰八叉地躺在床上问惊蛰:"莫负眼前人是什么意思?"

惊蛰也拿过一个果子躺在乔月半的身前,也是毫不犹豫地咔嚓就咬了一口,黑着脸说:"半仙儿是让你悠着点,把我的钱败光了,可就没人养你了。"

乔月半撇嘴,翻身时踢了惊蛰一脚,当作没听到惊蛰的话一般,捂着心口故作哀怨地说道:"可能我还年轻,看不懂这红尘吧。"

惊蛰黑脸,严肃地提醒:"乔胖儿,还有三个月,你就要过两百岁生日了。"

乔月半的动作忽地一愣,对着惊蛰的脸就上了手,另一只手还抓住惊蛰的领子不让他躲,咬着牙问他:"不说话能憋死你不!啊?能憋死你不!"

惊蛰一边往后躲一边咬着牙,也想给自己两个大耳刮子。

嘴怎么就那么欠。

第八章 / 蓝凤凰

在没了我的年岁里,
愿君都能像今日一般无情,
这样,
方可如君所望,
无忧且长乐。

《1》你跟我说，篮小谷到底是不是凤凰？

断楼旁新开了一家名叫良心楼的酒楼，说起老板惊蛰倒也不是不认识，竟是那云游四海的沥江，而今来这凉京，求个安稳。

开张那日宴请了众多朋友，惊蛰也带着乔月半来凑热闹。

对于沥江，乔月半也有印象，若禅苏醒那日他也来看过热闹，那时他的身边有个姑娘，而今竟然不在。

乔月半嘴欠问一句，就见那沥江把脸一垮，不高兴地说："叫人拐跑了。"

华桑整日待在倚栏坊里，来来往往什么样的人都有，谣言也听了个七七八八，凤眼一挑，张嘴就是风凉话："真窝囊，养了七八年的姑娘，说走就跟人走了。"

这话才刚刚落下去，那良心楼的大门就被推开，抬眼一瞅，不是那沥江的姑娘篮小谷还能是谁。

沥江正想迎过去就见那篮小谷的身旁还站着个男人，神色倨傲、器宇不凡。

目光扫过屋中众人，最后将目光落在了惊蛰身上，那男人俯首作揖道："惊蛰公子，好久不见。一别数年，公子可还安好？"

惊蛰听到那男人的话慢条斯理地转过身，一张脸又浮出了那满是算计的笑来，看得人好不舒服。

"没病没灾，生活也还算是滋润。倒是悠佟侯爷，当年我送给你的那幅画，可还留着？"

"这不是来寻了吗？"悠佟这么说着，起身做了一个请的手势，对着惊蛰道，"有些烦心事想求惊蛰公子，不知可否移步说话？"

"我家公子不做二手买卖，我记得侯爷你求过我家公子一次了是不？"乔月半拦在惊蛰身前，看了悠佟一眼后将目光落在了篮小谷身上。

这时篮小谷都已扑进沥江的怀里，兴致勃勃地对他说着这几日皇宫内的生活有多好玩。

这时才有人想起，这篮小谷不凡的出身。

可是那堂堂郡主，万中无一。

篮小谷说一句，沥江就应一句，竟像是忘了身旁的众多好友和那随着篮小谷一起进屋的悠佟。

篮小谷走了一月有余，而今又回到沥江的身旁。沥江没问她以后的路要怎么走，篮小谷也没说，只是悠佟住进了良心楼，这叫沥江好不舒服。

趁着有一日篮小谷和悠佟一起出门，沥江便叫来了惊蛰。推开门还不等说上一句话，沥江便拿过一把菜刀横在了那惊蛰公子的脖子上，咬牙切齿地问："你跟我说，篮小谷到底是不是凤凰？"

惊蛰还未开口，那从窗户里蹿进来的猫就变成一个亭亭玉立的姑娘家，对着沥江把手一伸，主仆二人异口同声道："银子。"

那傲慢的语调逼得沥江把刀又往惊蛰的脖子里入了几分，多亏了大嗓门的篮小谷在外面喊道："沥江掌柜的，你在哪儿啊？"

沥江看了惊蛰一眼，扔下菜刀屁颠屁颠地就出去了，走时还顺走了灶台上的一碗吃食。"这儿呢，这儿呢，我这不是怕你晚上饿，给你煮点夜宵吃吗？"说完，沥江低头一看，好家伙，一碗猪血湿淋淋地摆在眼前——呃，拿错了。

篮小谷看了一眼沥江手中的猪血，踮起脚用手掌贴了贴沥江的额头，嘟哝着道："没发烧啊？"

说完，篮小谷展颜一笑，天真无邪地看着沥江，声音清脆道："我不好这口，掌柜的你自己留着喝吧。悠佟要请我吃汤圆，我今晚请个假，晚上别忘了给我留门。"

沥江呆在那里久久无声，恨不得一口把手中的这碗猪血泼在那悠佟的身上。

惊蛰从沥江身边漠不关心地走过，迈着八字步，好不神气。乔月半拿过沥江手中的那碗猪血，问："我有点情报，你要不要买？"

"关于谁的？"沥江斜着眼睛看了一眼乔月半。

"关于篮小谷和那个衣冠禽兽的。"乔月半睨了一眼和篮小谷一起走远的悠佟，很狗腿地选择了衣冠禽兽这个词。

沥江很受用，同时也好奇乔月半到底知道什么，阔气地从怀里掏出银子塞进乔月半的手里，铿锵有力地说了一句："买！"

说起来，沥江也算是一个长相标致的土豪，毕竟这天上地下，还没见过谁能像沥江这般能耐，可以驯服那么多珍异的飞禽，要是真计较起来，沥江也算是举世无双了。

有很多人上这里花大把价钱来买那些被沥江驯服了的珍异飞禽，或者把飞禽带来，让沥江帮忙驯服，所以沥江其实并不穷。

可如今，在面对乔月半与惊蛰这两个财迷，沥江终于知道了什么叫作真正的"钱用到时方恨少"。

乔月半接了银子之后扯了扯嘴角，抬头看着沥江，一副世界观都崩塌了的模样，发自内心地嫌弃："才这么点银子？你怎么这么抠门？"

沥江敢提着自己的项上人头保证，这绝对是一笔不小的财产，是他五年的口粮钱。

想起那善解人意、美丽大方的凤凰，沥江咬咬牙，也豁出去了，又在怀里胡乱地抓了一把，也不知抓了多少钱，塞进了乔月半的手中。

这一次乔月半很受用，把钱币全都收好后，她神秘兮兮地对着沥江勾了勾手。

沥江好奇地凑过去，就听到乔月半说："几年前，悠佟找惊蛰那个老不死的做过一笔买卖。"

沥江听后眼睛一瞪，问道："做过什么买卖？"

乔月半面无表情地把手伸出来，脸不红心不跳："钱。"

沥江端起桌子上的那碗猪血就要泼乔月半。乔月半也是个不好惹的主，非但不怕沥江的猪血，甚至还拿着桌子上沥江乱扔的衣服挡在身前，摇着尾巴嘚瑟："来泼我啊！照这儿来！别客气！千万别客气！"

沥江一口气没提上来，险些没把碗中的猪血喝了。

咬了咬牙，沥江又从怀里掏出两粒金镏子不情不愿地交给乔月半。

乔月半美滋滋地收下来，这才说："我听到悠佟让惊蛰在篮小谷的真身上，画一层惑人眼目的东西。"

"所以……"沥江呢喃了一句，在后面看了很久热闹的惊蛰就站了出来，慢条斯理地说："所以篮小谷，就是凤凰。"

沥江听后的第一反应，不是起身去追和悠佟花前月下、你侬我侬的篮小谷，而是转身一把掐住了惊蛰的脖子，声嘶力竭地对他喊："惊蛰你这个杀千刀的！你早知道，你不告诉我！你看了老子那么久的热闹，爽不爽？啊！爽不爽？"

惊蛰被沥江掐得眼珠子都要飞出来。

当天夜里，悠佟住在寡妇楼鱼的客栈里，楼鱼听了有关篮小谷的八卦，嗑着瓜子对远远走过来打酒的惊蛰和乔月半说："这人什么来头，怎么知道篮小谷的体内，住了只凤凰的？"

惊蛰笑了笑，只说了一句："凤凰栖梧桐。"

原来，悠佟是凤凰曾栖落过的一棵梧桐树。

怪不得，怪不得悠佟紧跟着凤凰的脚步不愿离开，甚至凤凰转了世，都要紧紧跟着。

她在皇宫成为郡主，他就要变成门当户对的侯爷。郡主离家出走，悠佟就煞费苦心地找了这么久，在找到之后第一时间就赶到身旁。

倒也不是这悠佟对凤凰的感情有多深刻难忘，而是对于一棵梧桐来说，一只凤凰，足够有用。

楼鱼笑了笑，随手把房牌扔给悠佟，好心提醒他："好歹相识一场，别说我没告诉过你，少惹良心楼里的那个疯子，他可不好惹。"

乔月半也添油加醋："你的账，他可都记着呢。小侯爷，今晚，可得睡个好觉啊。"

末了，乔月半便撩着头发风姿悠然地离开了。刚出了客栈没几步，她又对着躲在暗处的沥江伸手："你让我说的话我都说了，给银子。"

却换来了一个不轻不重的巴掌落下。

沥江今晚被乔月半宰了那么多银子，险些被宰去半条命，如今让乔月半给他办事儿，只是付了乔月半一半的订金就跑了，所以现在躲在暗处的是惊蛰。

"这么晚了还在外面厮混，小心采花贼采了你。"

乔月半撩起裙子，月光下露出一条大白腿来，对着惊蛰抛媚眼："求之不得。"

惊蛰叹息着遮住了乔月半的那张脸："算了吧，我要是采花贼，我宁愿去把沥江的贞操采了，都不过来拿你的贞操。"

乔月半握住惊蛰遮在自己脸上的手，放进嘴里狠狠地咬了一口。

②在没了我的年岁里，愿君都能像今日一般无情

悠佟软硬兼施要带篮小谷走，篮小谷犹犹豫豫地答应回皇城再住几天。

篮小谷这个傻丫头不明白，那些局外人心里可是明镜儿着呢，这一次若是真让篮小谷跟着悠佟走了，恐怕这辈子，都出不来了。

当夜，沥江就在脸上遮了块黑布，举着一根火把守在城门前的路上，在篮小谷和悠佟的马车经过的时候，随手就把手中的火把给扔了下去。

"你可够狠的，万一篮小谷不是凤凰，这把火还不烧死她。"乔月半抓着一把瓜子靠在树上，一边往外吐着瓜子壳，一边慢条斯理地说道。

沥江被吓了一跳："你来做什么？"

"上次你让我办事儿，银子还没给我呢。"乔月半把手一伸，耷拉着眼皮无精打采地看着沥江，"我什么都不怕，所以你少惹我。"

沥江算是服了乔月半了，敷衍她道："行行行，等我把凤凰追回来，

我就把钱还你。"

看着眼前的大火，沥江一脸担忧地说道："也不知道凤凰会不会涅槃，涅槃之后又会不会想起过往的一切。"

乔月半没搭理沥江，她心里只惦记着沥江欠她的银子。结果等了好一会儿，沥江都不见那马车里有什么动静，倒是那火势越来越凶猛，一股股热浪扑面而来。

乔月半怕热，皱着眉头往后躲，险些掉进了火堆里，幸好惊蛰及时赶到，拦腰就将乔月半给揽回了怀里。

扶着乔月半站定，惊蛰也云淡风轻地下结论说："火不太旺，好像还得添把柴啊。"

说完，沥江就目不斜视地从怀里掏出一把银子，麻木地伸出手把钱递到了乔月半的身前。

乔月半美滋滋地接下，对着惊蛰抛了个媚眼，示意他可以行动了。

惊蛰打了个手势表示收到，手中不知何时多了一盆清水，清晰地倒映着空中皎洁的月色。

等乔月半点清了银子之后，惊蛰二话不说就把盆中的清水倒进了汹涌的火海之中，火苗"唰"地就蹿了起来。沥江离得比较近，两边的眉毛都被烧光了。

三个人都屏息凝神地等着凤凰涅槃的场景，只是半晌之后大火都烧灭了，也没看到传说中声势浩大的凤凰涅槃。只看到在这场大火之中选择明哲保身的悠佟逃跑的身影，与一只黄嘴牙子还没退下的小黄鸡，啾啾啾地从大火之后留下的灰烬之中一蹦一跳地走出来。

沥江不敢相信这就是当初他那气势十足的凤凰，连滚带爬地就往后躲，一边躲还一边咆哮道："谁能告诉我，为什么凤凰涅槃之后会变成小黄鸡啊？！"

那凤凰看出了沥江要逃跑的意图，加快了脚步扑进了沥江的怀里，叼住他的衣服就不撒嘴。

沥江都快哭了，抓起怀里那只乱扑扇着翅膀的小凤凰问她："我的祖宗哎！你这是咋了？"

小凤凰啾啾了几声，蹦起来在沥江的脸上狠狠地啄了一下之后，转身就撒丫子一般跑远了。

沥江起身要去追，可那凤凰虽说腿是短了点，跑起来却不含糊，不过是一眨眼的工夫，那凤凰的身影，沥江就再也寻不到了。

惊蛰看着心塞到无以复加的沥江，坐在树上说风凉话："可能是移情别恋了吧。"

"要是我，我也不会继续喜欢你了，女孩子都很脆弱的，你连放火烧人的歹事都做了，还指望人家痴情不二吗。"乔月半坐在惊蛰的身旁继续补刀，吃光了手中最后一粒瓜子之后就起身拍了拍屁股回了断楼。

惊蛰跟上了乔月半的脚步。

沥江被留在原地，一个人看起来有些太过落魄，所以他想离开，可又想找到小凤凰，却不知该去哪里找，百般纠结之后只能站在原地无语望苍天。

凤凰没走多远，她躲在墙角看到沥江一个人落寞又孤独地站在那儿，不知怎么就想起了当年的自己。

当年她也这么站在凤仙台上，背后是一望无际的荆棘深渊，跳下去，便是万劫不复。

眼前是诸多质疑的嘴脸与讽刺的骂声，只要沥江能来，凤凰从此就会脱离苦海。

有人问凤凰:"你不是说沥江答应今日娶你了吗?时辰可不早了,你那情哥哥到底还来不来?"

凤凰下巴一扬,底气十足地说:"谁说他不来!沥江他答应过我,他一定会来!"

"那他不来怎么办?"

凤凰瞧不起眼前这帮尖酸刻薄的仙友,一赌气便说:"如果他不来,我就从这凤仙台上跳下去。"

凤凰的狠话这么一撂,眼前的那些看热闹的散仙心里一下子就有谱了。看来沥江一定是会来了,不然凤凰又怎敢撂下这样的大话,要知道从凤仙台上掉下去的滋味,可不好受。

凤凰说这话,多多少少也有几分破罐子破摔的意思:沥江来了,他们两人就去那连理树下定姻缘;沥江要是不来,她也没脸在这仙界混下去了,直接凤仙台上跳下去,以一种决绝的方式离开,要沥江这辈子都忘不掉她这只痴情的凤凰。

可是凤凰等了许久,等到身边围观的群众都散了,也没等到沥江的身影。

好多人走时都说凤凰疯了,因为爱而不得。

凤凰也不去管,只是把目光放在那正落着花的连理树上。从遇见沥江的那一天起,凤凰就憧憬着他们两人在连理树下系红线定三生的模样,本来这一幕,今天会发生的,可沥江,却没出现。

终究是……不爱啊。

半晌后,她敛敛眸,笑得无力,张开双臂倾身向前,真的从凤仙台上跳了下去。

一声华丽悦耳的凤鸣之后,那总是望着连理树方向的凤凰跳下了凤仙台，堕了仙身，永世为人。

但凤凰不知道，很多人都不知道，沥江他来过，在人群消散、凤凰坠台之后。

沥江来的时候可是满心欢喜的，虽然那只小凤凰是难缠了点，可日子久了，真是越看越招人稀罕。一双水汪汪的大眼睛像是琉璃一样晶莹剔透，笑起来脸上还会有两个梨涡，就冲着凤凰这般可爱的模样，难缠点，也值了。

可到了连理树下，沥江并没看到凤凰的身影，逮了几个仙童询问了一番后，竟然还有人说凤凰从凤仙台上跳了下去。

沥江可不信，于是仙童就又说："不信你可以自己去看，她还留了东西给你。"

沥江将信将疑地来到凤仙台，在上面看到一根凤凰羽毛，凤凰羽毛下面压着一张字条，上面写着："谢君负我，我已归，君勿寻。"

这句话之后，字条上的字墨不知为何晕染得很厉害，大片晕染之后，沥江才看清这样一句话——在没了我的年岁里，愿君都能像今日一般无情，这样，方可如君所望，无忧且长乐。

凤凰的笔画写得极轻，断断续续的几个字，硬是逼得沥江喘不过气来，沥江随手抓过路过的仙君问他："凤凰何时等在这里？"

那人不是别人，正是仙君惊蛰，他抠了抠鼻子，慢条斯理地说："你自己下去问她不就好了。"

于是，沥江转身就要从凤仙台上跳下去，要不是他腰上的坠子与惊蛰腰间的坠子缠在了一起，险些把惊蛰给拖累了，惊蛰才懒得管他。

"凤凰是上古灵兽，她和你……不一样！"惊蛰点着沥江的胸膛，话语里满满的都是瞧不起。

白了沥江一眼，惊蛰又说："她是神兽，真身没毁就什么都好办，跳了凤仙台对神兽来说，只是堕了一世的记忆，如果不巧来一场真火，等涅槃重生之后连记忆都能恢复。你要是真惦记着她，也不是寻不到她。"

"你有办法？"沥江期待着望过去。

惊蛰面无表情地摇了摇头，抠着鼻子离开了。

凤凰堕了人间，于是沥江也去了人间，走了许多地方，种了许多梧桐。因为凤凰栖梧桐。

"凤凰栖梧桐……凤凰栖梧桐……"

沥江一直念叨着这句话，然后灵光一闪，觉得那只看起来像是一只小黄鸡的凤凰，应该是去寻梧桐树落脚了。

于是他转身便往自己的良心楼前跑，一边跑还一边忍不住兴奋地仰天长啸："我真是太机智了。"

那骇人的声音冲破云霄，把天空中的云都惊得散开了。

那躲在草丛里的凤凰看着撒丫子往回跑的沥江甚是失望，耷拉着眼皮对身后大难不死的悠佟说："看来找不到我，他很高兴啊。"

悠佟是梧桐，怕火，虽然逃得及时，可那一场大火还是几乎夺走了他的半条命。听到凤凰这么说，虚弱的悠佟还是不忘见缝插针地接话道："那你和我回皇宫吧，这一世你风光着呢，是个郡主。皇帝的诏书都下了，回去我就能娶你。"

"你娶我？"凤凰抬起眼皮看了悠佟一眼。

悠佟点点头，真挚地看着凤凰。

凤凰想也没想，躲在草丛里缩着脖子不关心地应了下来："那好，就依你的吧。"

沥江回了良心楼后，三下五除二地就爬上了门前的那棵梧桐树，上下左右仔仔细细地都翻了个遍后,也没找到凤凰。沥江问对面看热闹的华桑说:"你看到凤凰了吗?"

"大兄弟!凤凰栖梧桐!我充其量只能算是根破树枝,可不指望着能看见你家凤凰。"华桑坐在二楼的窗前,一边说着风凉话,一边事不关己高高挂起地看着沥江的热闹。

沥江有些失落,哀怨地看着眼前的梧桐树,摸一摸又亲一亲,最后干脆把脸都贴在上面,抱怨着说:"好歹我也培养了你这么多年,你倒是稍微浪一浪,给我浪来一只凤凰啊。"

乔月半在华桑的倚栏坊里潇洒,见沥江这么消极便随口说道:"沥江你也别太难过了,最糟糕的也就是你家凤凰跟人跑了。"

沥江听后转过头哀怨地看了一眼乔月半。看着他这副表情,乔月半觉得如果不是有这么多人在,沥江估摸着都得哭了。

凤凰回了皇城,舍弃了凤凰这个身份,做回了篮小谷。隔日皇上赐婚的诏书就送了下来,一起送来的,还有一袭火红的嫁衣。

篮小谷还从没穿过这玩意儿,看着新鲜,却怎么都不肯让衣服上身。悠佟听到这消息之后来问篮小谷:"你怎么不试试喜服,成亲那时要是不合身该怎么办?"

篮小谷没理悠佟,而是坐在那里沉默了半晌:"你我二人成亲的事儿,我要昭告天下,举国同庆。"

"为什么?"

"你不应我?那我便不嫁了。"说着篮小谷的脾气也上来了,顺手抓过桌子旁摆放的嫁衣就扔到了悠佟的怀里。

悠佟接住嫁衣和篮小谷对峙了半晌,最终还是败下阵来,轻飘飘地应了一句"好"。

说罢悠佟转身就要走,走时却又说:"你以为那良心楼里的老板听到消息会来抢亲?可真有意思,他到底喜不喜欢你,你不是比谁都清楚,又何必自欺欺人呢。"

篮小谷听后倒是悠悠笑了:"这么急着嘲讽我,你是在逼我悔婚吗?"

悠佟脸上得意的表情瞬间就凝住,皱着眉头看了篮小谷一眼就把袖子一甩,转身气呼呼地走了。

绞着手指,篮小谷心里纠结得很,一方面希望那没良心的沥江来抢亲,同时也害怕面对他。

拿过镜子,篮小谷对着镜子做了几个表情,把镜子里的人当作沥江,挺直了胸膛,摆足了架势,对着镜子装模作样道:"沥江,我不爱你了,我要成亲了,你哭也没用。"

然后,篮小谷清了清嗓子,声音低沉地继续说:"我知道你还对我念念不忘,可是错过了就是错过了,别来骚扰我了,你很烦,你知道吗?"

最后那凤凰握起拳头,一副胜利者的姿态在屋子里,一边高兴地转圈,一边哼着歌道:"我不爱你啦!我不爱你啦!我不爱你啦!"

哼着哼着,篮小谷的声音就渐渐地小了下来,刚好转圈转到了墙壁旁,篮小谷就靠在墙壁上,伸出双手遮住那巴掌大的小脸,无声地哭了起来。

怎么能忘呢,那第一眼就喜欢上的人。

沥江并不知道篮小谷的心情,就像篮小谷也不会明白,在听到她与悠佟即将要成婚时,沥江的心情。

沥江去厨房抄了一把菜刀插进裤腰里,甩着膀子大刀阔斧就往外走,一边走沥江还一边说:"老子要抢婚!谁也别拦我!"

惊蛰说风凉话:"没人拦你。"

沥江听到惊蛰的声音挑眉看了一眼,二话不说就拔出腰间别着的菜刀,眼睛也不眨一下地就冲着惊蛰扔了过去。

这时,空中不知何时多出一只鸟,对着沥江兴奋地鸣叫。沥江思索了一会儿,对着它说道:"去皇城!用最快的速度!"

那只鸟不情愿地叫了叫,摇身一变,刚刚还是巴掌大的小鸟瞬间就长大了不少,张开翅膀时整条街都笼罩在了那翅膀下面。

见沥江上了背,鸟儿长鸣了一声,翅膀一扇就腾空飞去。

沥江到达皇城时篮小谷刚穿好嫁衣,还来不及照照镜子就听到外面有人传报说:"不好啦!有刺客啊!还骑着一只怪鸟!要人命啊!"

篮小谷提起裙子推门就要出去,可在手碰到门的那一刻,悠佟却一把抓住篮小谷的手腕:"当年他那么负你,如今你还要和他在一起?"

"你管不着。"篮小谷把话说得俏皮,话落之后便挣脱开悠佟的桎梏伸手推开了门,一边解下头上烦琐华丽的凤冠一边跑向沥江的方向,同时还远远地对着他喊,"我数三个数,你要是还没抱紧我,我就让你再也找不到我。"

"一……"

"二……"

一阵天旋地转,沥江的声音传进了篮小谷的耳中。

"你这是原谅我了吗?"沥江问。

篮小谷摇了摇头,看着沥江突然之间就哭了,伸出手抓紧了沥江的衣领,篮小谷问他:"当年你为什么没来?"

"我去了,不过……你知道的,那时我刚搬去月亮山,不知道那里是个日夜颠倒的地方,自然也不知道我那里的白天黑夜和你们所看到的白天黑夜,都是相反的。所以岔了时辰去晚了,等我去找你的时候,你已经跳下去了。"沥江手足无措也不知道该做些什么,只能上言不接下语地说,"对不起,我错了,我以后再也不让你等我了。我其实特别喜欢你。真的!"

篮小谷盯着沥江看了好一会儿,半晌之后她侧过头抿着嘴唇点了点头,轻轻地说道:"我知道。"

这回换沥江愣住了,下意识地就问篮小谷:"你怎么知道的?"

"你不喜欢我,你今天也不会来啊。"说完,篮小谷表情一变,点着沥江的胸膛对他说,"我还有半个时辰就要坐着轿子去和悠佟拜堂了,你要是晚来半个时辰,你就见不到我了。这辈子,都再也见不到我。"

沥江听后大大地松了口气,张开双臂就要把篮小谷拥进怀里,可却被篮小谷给无情地推开了。

沥江不解,篮小谷摆足了架子装腔作势道:"我还没原谅你。"

沥江识趣地把手臂收了回来,一拍胸脯大义凛然道:"如果你能原谅我,你说什么,我做什么。"

"这话可当真?"篮小谷双眸一转,突然笑得不怀好意。

沥江咬着牙,毫不犹豫地就点了头。

"好!"篮小谷应了一声,然后对着身下的飞鸟命令道,"去天宫。"

那鸟儿鸣叫了一声,把方向一转,直接就奔向那九重天宫。

"去那儿做什么?"沥江不解。

篮小谷却笑得明媚,往沥江的怀里一靠,语气轻轻地说道:"去天宫,让你哭着求我嫁给你。"

沥江听后咬着嘴唇,一副为难的样子蹙眉想了好久,犹犹豫豫:"那个……不哭行吗?"

篮小谷的表情当下就沉了下来,一言不发地看着沥江。

沥江心里咯噔一下,瓮声瓮气地说:"我哭!我哭!"

篮小谷这才傲娇地笑了起来："就这句最像人话。"

"我的好凤凰，你忘了我的真身是只麻雀了？"沥江好心提醒。

篮小谷悠闲地哼着曲儿，把目光放在那轮廓越来越清晰的凤仙台上，直接忽略沥江的好心提醒。

落在凤仙台上，篮小谷拍了拍沥江的坐骑："快去吼两声，多喊几个人过来。"

说完，篮小谷就堵住了耳朵，向后退了好几步到沥江的身边。

倒也不是篮小谷多娇气，而是沥江养的这只鸟叫起来确实难听，篮小谷还记得上一次有一群吊儿郎当啥也不干的仙痞子过来找沥江麻烦，沥江都没动手，只让这只鸟吼了一嗓子就把人家给秒杀了。

可能是从小养大的原因吧，沥江对于这只鸟难听的叫声就丝毫感觉不到，并且常人离沥江越近，对于这只鸟难听叫声的抵抗力就越强。

沥江伸手帮篮小谷捂住耳朵，无奈地说："害怕你还让它叫。"

沥江话音一落，一阵沙哑凄厉的叫声就从那只鸟的嘴里喊出来，一时之间整个天宫之内都回荡着这好似来自地狱的呼唤。

篮小谷瞪大了眼睛，表情一时之间凝在了脸上，双腿一蹬往后就倒了下去。

沥江哭笑不得地接住向自己倒过来的篮小谷，听到她说："这么多年不见，你这小宝贝，似乎长进了不少啊。"

篮小谷浑身僵硬，像是窒息了一般瞪大了眼睛，一副欲哭无泪的模样看着气定神闲的沥江。

沥江伸手帮篮小谷揉了揉太阳穴，又伸手把篮小谷紧紧地搂在怀里："你快搂住我，它又要叫了。"

就是沥江不说，篮小谷也要这么做了。

紧紧地把沥江的腰环住，舒服多了的篮小谷咂了咂嘴，不免觉得在这天地之间啊，还是藏在沥江的怀里，最为舒坦。

沥江的这只坐骑刚叫了没几声，那众多仙君就都捂着耳朵闻声赶来了，个个都骂骂咧咧的，甚至有些手中还抄着家伙打算好好收拾一下沥江和他的鸟。

"我说沥江，有什么天大的事儿，你能别让你的这破玩意儿瞎叫唤了吗？"

那鸟好像听懂了一样，睁着滴溜溜的大眼睛，张嘴又是一阵狼嚎版的啼鸣。

这鸟一叫，众多闻声赶来的仙者都争先恐后地往沥江身边挤，可衣服都还没抓到个边呢，篮小谷就不服气地从沥江的身后站出来，一个接着一个地把往沥江身边靠过来的仙者给推得远远的。

篮小谷张开双臂，往沥江身前一拦，喊道："姑奶奶我还没死呢，你们靠这么近干吗呢干吗呢？谁敢打沥江的主意？"

篮小谷这嘹亮的一嗓子把在场的所有人都喊愣了，大家大眼瞪小眼地看了好一会儿之后，有人不确定地问了一句："凤凰？"

"姑奶奶在呢。"篮小谷眼睛一瞥，十分不屑地看过去。

双手背在身后，篮小谷迈着八字步巡视了一圈。见人来的都差不多了，清了清嗓子，篮小谷装腔作势地说："那个……今儿……那啥……"

开了好几个头，篮小谷都没法把话接下去，羞红了脸也说不出今日把众位仙友叫过来的目的。

沥江在后面看着篮小谷都笑得要岔气了，上前拍了拍篮小谷的肩膀，然后俯身擦了擦脚下的这一块土地，避免自己一会儿跪下来的时候，不至于把裤子跪脏。

嗯，也是个心思细腻的处女座。

篮小谷被拍了肩膀，下意识地就转身，还没明白怎么回事呢，就看到哐的一下，沥江把膝盖都快跪碎了的场景。

篮小谷没怎么反应过来，沥江就已经抱着篮小谷的大腿哭得一把鼻涕一把泪："俺那花容月貌、冰肌玉肤、天姿国色的好凤凰，你就嫁给俺吧，俺天天给你摊大饼子吃。"

沥江也不知从哪里学来了一副僵硬土鳖的口音，明明挺好的表白，听起来像是哪个山头的土匪。

浪漫呢？！美好呢？！

"你给我滚远点！"篮小谷当下就怒了，甩着膀子就要走。

沥江可不放过篮小谷，抱着她的大腿就是不撒手，哭天抹泪地说："没有你，俺可咋活啊！"说着，沥江抓着篮小谷的衣服从地上站起来，俯身揽腰就把篮小谷给扛在了肩膀上，对着身后瞠目结舌的仙友们，沥江十分厚脸皮地白了他们一眼，"看什么看？浪漫的表白没看过啊？！"

感觉到篮小谷的挣扎，沥江拍了拍篮小谷的屁股以示安抚，美滋滋地就往外走，一边走沥江还一边说："走，跟俺回家生娃娃。"

篮小谷觉得自己被坑了，说好的浪漫呢？

一旁看热闹的乔月半倒是十分喜欢沥江的口音，转头问摇着蒲扇一副大爷样的惊蛰："大兄弟，你干啥咧？"

惊蛰摇着蒲扇的动作一顿，看着乔月半咬着牙说道："你别好的不学坏的全会。"

乔月半龇着牙，对着惊蛰笑得特别纯良无害。

惊蛰看着乔月半这副模样刚想松一口气，就看到乔月半一个弯身，然后……然后把自己扛起来了。

惊蛰一惊差点都要喊出来了，双手在空中扑腾着，都不知道该往哪儿放，声嘶力竭地对着乔月半喊："有能耐你就一辈子扛着我！不然等你把我放下来，我准要你好看！"

"我就想感觉一下咱们惊蛰大公子的玉体。"说着，乔月半把惊蛰放下来，长长地松了一口气，拍了拍手靠在身后的树上，一副缺氧的模样。

惊蛰冷笑了一声，把蒲扇往脑后一插，拦腰就把乔月半给扛在肩上，一边大步流星地往外走，一边还咬着牙说："我跟你说啥来着，你把我放下来！我准要你好看！"

"惊蛰……惊蛰……冤冤相报何时了！你现在放我下来，我就大人不计……啊！你别挠我痒痒！哎！惊蛰！我要和你拼了！"

惊蛰完全不理会乔月半的瞎咋呼，扛着乔月半大摇大摆地离开凤仙台，临走时还不忘跟眼前的一众仙友告别。

众位仙者看着这样的惊蛰和乔月半，脸上都写满了八个大字——世风日下，真不要脸！

第九章
/心上人

才过了八千年而已
你竟然就忘了我

① 才过了八千年而已,你竟然就忘了我

淅淅沥沥地飘了几日的小雪之后,天终于放晴,这本是一个极为普通的冬季,却因为乔月半的打滚撒泼变得狗血了起来。

按理来说,这惊蛰公子应该摇着蒲扇,一边嗑着瓜子一边睨着眼睛说风凉话的,可今儿惊蛰却很意外地、殷勤地蹲在乔月半的身旁,乔月半说一,惊蛰不敢说二。

华桑见了以为太阳打西边出来了,见惊蛰这一副狗腿子的讨好模样差点没把肝给吓碎了:"惊蛰这是怎么了?膝盖碎了?干吗一副卑躬屈膝的样儿啊?"

楼鱼把华桑要的酒盛给他:"这不是前几天犯错了吗,现在争取求得大爷原谅呢。"

说起前几天的事儿,华桑就忍不住想笑。

差不多半个月之前吧,一位自称瞳谷的姑娘找来了断楼,惊蛰不大记得瞳谷是谁了,只是看着那张脸,莫名有点熟悉。

见瞳谷穿得不凡,惊蛰也不赶人家走,笑得跟朵花似的问人家:"姑娘来我断楼作甚啊?"

"你不记得我了?"瞳谷略带着崩溃的模样问惊蛰。

惊蛰身子一僵,一时之间也不知道该怎么回答,想了一会儿,都没想起来:"姑娘你认错人了吧?"

"你可是惊蛰公子?"瞳谷又问。

"正是在下。"男人的第十六感告诉惊蛰,可能要大事不好了,所以惊蛰说完这话之后,局促地起身就要送客。

谁知道惊蛰刚一站起来,瞳谷二话不说就扑进了惊蛰的怀里,当下就哭得泣不成声,好一会儿后才抽抽噎噎地说:"惊蛰,你好生没良心,你忘了当年你对我许下的承诺了吗?才过了八千年而已,你竟然就忘了我。"

才八千年,还要加个而已。

惊蛰提了提嘴角,实在是笑不出来。

苦思冥想了好一阵,惊蛰实在是记不起自己什么时候走过这样的桃花运,而且还是八千年前。

看了看不远处化作猫身,窝在被子里睡得酣甜的乔月半,只祈求着能在她睡醒之前,赶快把眼前这个姑娘给解决了。

惊蛰僵硬着身子举着手往后躲,一边躲还一边说:"姑娘你先放开我,有话咱好好说。你这样动手动脚的,我觉得我像是大街上被人调戏的黄花闺女。"

"明明我才是黄花闺女!"瞳谷当下就不乐意了,哭着哭着,她还抽出惊蛰怀里藏着的照妖镜对准自己的脸,然后强行要惊蛰看,"你看!你看!谁才是'黄花'闺女。"

惊蛰也就是无意间瞟了一眼,当他看到照妖镜中那株风姿卓越的"黄花菜"时，惊蛰只是提了提嘴角，脸上非但没有喜悦，反而还有些发怵。

惊蛰太阳穴突突直跳，终于想起来瞳谷是谁了。

原来是那株黄花菜！

当年的娇弱模样哪儿去了？

"你不是对我说，如果我能赶在你心上人前面找到你，你就答应嫁我的吗？现在我来了，你的心上人应该没来吧？"瞳谷说着说着，眼泪"唰"地就停住了。

惊蛰一愣，下意识地脱口而出："何以肯定我心上人还没来？"

瞳谷睨着惊蛰，万分不屑地哧了一下："浑身上下透着一股子光棍穷酸味。"

惊蛰没工夫搭理瞳谷的嫌弃，因为他看到被子下的猫动了动，姑奶奶乔月半起床了！

乔月半懒懒地打了个哈欠，刚睁开眼睛就看到了扯着惊蛰衣服满脸垂涎欲滴的瞳谷。

于是乔月半怒了。

瞳谷看到乔月半躺在惊蛰的榻上，靠着惊蛰用的枕头，盖着惊蛰盖的被子，甚至还用一副主人特有的眼神来打量自己时，瞳谷也控制不住地怒了。

"惊蛰！她是谁？！"

"惊蛰！她是谁？！"

同一时刻，两个女人一起出声，互相指着对方，把怒气冲冲的目光射向惊蛰。

惊蛰眼神不安地晃悠在两个姑娘之间，脑子里高速运转：眼前的两个姑娘都不是省油的灯，黄花菜……啊，不对！瞳谷，瞳谷竟然因为遇见过自己一次，就花了八千年的时光来寻找自己，这本身就是一件很可怕的事情了。

至于乔月半自然不用多说，惊蛰到现在都还记得乔月半手中的毛笔是怎么从他喉咙中穿过去的，他刚刚好像看到了乔月半伸手在找毛笔来着。

惊蛰吞咽了一口唾沫，舔了舔干涩的嘴唇，眨了眨布满血丝的眼睛，然后先是使用美人计，潇洒地一笑，继而选择三十六计中的走为上计，转身撒丫子跑得身后直冒烟。

❋❋2❋❋盲目崇拜简直太可怕了

这几日惊蛰很是苦恼，苦恼的原因来自于八千年前他的一场艳遇。

惊蛰记得八千年前遇见黄花……啊不！瞳谷的时候，他还年轻得不得了，连眼角的鱼尾纹，都带着青春的味道。

那时他刚刚经历了一件大事情，十分低沉，见谁都想掏心掏肺，把往事说到流泪。

上山之前惊蛰就在山下的夫子庙里对着庙里的黄鼠狼哭了一遭，走时也是泪眼蒙眬地哭着走的。

本来惊蛰根本不用上山的，可他却在无意之间突然想起来，这山上似乎有一个幻境，任何人都能在幻境之中看到自己想看的东西。所以，对红尘还心有惦念的惊蛰就这么上了那日照山，想要在幻境里看到已经再也看不到的东西。

瞳谷那时候还是一株黄花菜，刚刚修成精，连人形都还没修出来。

遇见惊蛰的时候，瞳谷正在吸收天地精华，心满意足之时毫无征兆地就被惊蛰给踩了一脚，被踩得乱糟糟的，一些花粉落在地上很快就变成春泥，而那掉落的花蕊则很快又长了出来。

"喂！你不长眼睛啊！踩到了别人，连句对不起都不会说吗？"瞳谷伸出一条根茎卷住惊蛰的腿，没好气地冲着他嚷嚷。

惊蛰那个时候心情也不太好，听到瞳谷的指责，悲从中来，往地上一躺，哭天抹泪地号："这日子没法过了。"

瞳谷涉世未深，见惊蛰突然就哭得这么伤心，一下子就母性泛滥了，大人不记小人过地说："对不起！对不起！我不该凶你！你别哭了。"

惊蛰一听这话，哭得更厉害了，这会儿还一边说话一边拍着大腿喊："这话当年她也对我说过。"

"她是谁啊？"瞳谷把花枝弯下来，俯身去看惊蛰。

"是我的心上人。"惊蛰擤了把鼻涕，一边说还一边抽噎着。

"心上人是什么东西？有我好看吗？"那时还是一株黄花菜的小瞳谷眨了眨眼睛，天真又烂漫地问。

"心上人她不是个东西。"惊蛰把鼻涕一甩，愤愤地说。

"这句话我听得懂，那只总来采蜜的小蜜蜂就说他们家蜂王不是个东西。这是骂人的话。"瞳谷抖了抖花身，总结道。

惊蛰跟她说不清，坐了一会儿，哭够了之后就打算离开。

没曾想瞳谷刚修炼成精，对这个世界好奇得很，根本不想放过惊蛰，在惊蛰把腿迈出去的时候，再一次伸出根茎钩住了惊蛰的脚踝，并且对他说："你快告诉我心上人是什么东西？不然我就不让你走。"

"心上人就是喜欢的人。"

"那喜欢又是什么？"瞳谷不依不饶地问。

惊蛰受不了瞳谷的纠缠，看了一眼脚踝处那脆弱的根茎，又害怕太用力会弄断她，实在不忍心毁了瞳谷的修行。索性，他大手一挥，直接把瞳谷给点化成精，给她修炼了一个人身。

瞳谷趴在地上，双手抱住惊蛰的大腿，迷茫地看着四周，还不知道发生了什么。

惊蛰这一次倒也没客气，直接就挣脱开了瞳谷的桎梏，转身就走，一边走一边还不忘记警告瞳谷说："别问我心上人是什么东西了！你已经修炼了人身，自己去人间体会吧！"

"哪儿是人间？"瞳谷还没反应过来是怎么回事，傻乎乎地问惊蛰。

惊蛰用脚点了点地面，说道："这就是人间。"

惊蛰说完之后抬脚便走了，这时候瞳谷才反应过来是怎么回事，看着惊蛰越走越远的背影，满目都是崇拜。

见惊蛰要走，瞳谷连忙屁颠屁颠地跟在他身后，不可思议地问道："你你你……你怎么做到的？"

"你要明白有一个词叫作天赋异禀。"惊蛰抖了抖袍子，嘚瑟地说。

"我没听过。"说完这话之后，瞳谷就扯住了惊蛰的袖子，"不如你教我吧。"

惊蛰瞥了瞳谷一眼，把袖子扯了回来，嫌弃地问："凭什么？"

"就凭我喜欢你啊！"说完，瞳谷就掰着手指对着惊蛰说自己的优点，什么身高八尺、手长脚大的词汇都混入了。

瞳谷抬头看向惊蛰，一脸"你赚了"的表情。

惊蛰翻了个白眼，认为刚刚瞳谷说的那些话都是扯淡，她纯粹就是被自己的美貌给迷倒了，捉摸着是不是得找一个更帅的过来好摆脱身后这个麻烦鬼。

惊蛰看了一旁的老树一眼，顿时一旁的老树就摇身一变，变成一个年轻人出现在两人的面前。

惊蛰看着老树精的这副模样，觉得不够帅，于是又去看地里的老鼠、天上的飞鸟、水中的鱼儿、空中的蜜蜂，直到出现了一个他觉得还不错的黑熊精的时候，惊蛰才满意地点点头。

惊蛰给瞳谷精挑细选了一只黑熊精作为邂逅的对象，期待着这只黑熊精的英姿飒爽能够吸引住瞳谷的目光，好让她不再跟着自己。

只是惊蛰却没想到自己刚刚那一路大开金手指的模样，早已经把初入人世的瞳谷迷得团团转了，她哪里还有工夫去搭理虎头虎脑的黑熊精。

惊蛰越走越远，瞳谷想追过去，身后刚刚修成了人身的精怪们就都蜂拥而上，把瞳谷围得团团转，都追问着瞳谷那远走的公子是什么来头。

瞳谷听到这些问题之后拍着胸脯，用一副骄傲的语气说："那是我的心上人。"

现学现卖的本事，倒也不差。

瞳谷把与惊蛰的过往讲给对门客栈里爱管闲事儿的寡妇听，说话之间接过店小二递过来的猪肘子，一边啃一边说："其实当年惊蛰不用做那么多的啊，一开始他只要告诉我什么是喜欢，我就会闭嘴，继续在那个山沟沟里面风姿摇曳地吸取天地精华，期盼着有朝一日能修炼出人身来。"

"所以这一切都是惊蛰的自作孽不可活？"楼鱼挑着眉毛，反问瞳谷。

"你咋这么说话呢？被我喜欢就是自作孽不可活啦？"瞳谷不满地看了楼鱼一眼。吃得太油腻了，瞳谷又要了杯清茶润了润嗓子。

"那这么多年过去了，你到底弄没弄明白究竟什么是喜欢，怎样的人才能被称为心上人呢？"楼鱼问。

"喜欢就是……就是……就是我现在吃完一个酱肘子，还想再来一个。"瞳谷答不上来楼鱼的问题，擦了擦嘴后直接和楼鱼胡诌起来了。

楼鱼觉得这小妖精当真有趣，明明什么都不明白，却还口口声声地说着喜欢，只见过一面的男人，便成了心上人？

惊蛰究竟哪里好，瞳谷其实也是不知道的吧。她只是在初入人间的时候遇见了惊蛰，惊蛰偏偏又在那个时候耍了下帅。

于是，楼鱼便问了出来："你觉得惊蛰哪儿好？"

"看谁谁成精，简直帅爆了。"瞳谷的表情一变，双手合十满目崇拜地看着对面鸡飞狗跳的断楼。

楼鱼看了一眼满脸崇拜的瞳谷，不禁叹了一口气，想道：盲目崇拜简直太可怕了。

"而且你知道吗？他是唯一一个一眼就看出我是一株黄花菜的人，这就是缘分你知道吗？缘分让我们相遇，也是缘分让他一眼就看出我是一株黄花菜的。我们要是不在一起，那多糟心啊。"

于是楼鱼提了提嘴角，开始信服"点背的时候，喝凉水都塞牙"这句话。

惊蛰就是最好的例子。

《3》我是一个清心寡欲的黄花菜，我只贪图他的美色

乔月半最近也很不爽，她隐隐觉得，惊蛰的钱，好像不能只给自己花了。

听对门的寡妇楼鱼说，那小妖精可是把惊蛰崇拜得死去活来的，恬不知耻地说惊蛰是她的心上人。

呸！不要脸！

乔月半抖了抖鸡毛掸子，一边扫灰一边对着惊蛰吹胡子瞪眼睛的，不给个好脸色。

惊蛰今天难得的老实，坐在墙角一直在摇蒲扇，偶尔见乔月半带着杀气的目光望过来，惊蛰还对着她龇龇牙，笑得特别有心无力。

乔月半看着惊蛰这个模样就来气，索性不看了，扔了鸡毛掸子就去了华桑那里。

问华桑要了壶好茶，乔月半坐在牌九桌上，一刻钟的工夫还不到就输了断楼三年零两个月的开销。

乔月半一点都不心疼的模样，依旧挥金如土，扔出两粒金镏子，面色阴厉地盯着眼前的牌九，眼底发青。

"今儿怎么这么不心疼钱儿啊……"华桑凑过来，看到一脸颓靡之色的乔月半又说，"惊蛰是抽了哪门子的风，给你这么多钱让你败家？"

"留着也是给那个狐狸精花了，不如让大爷我拿着出来爽一把。"说着，乔月半又扔出两粒金镏子。

"狐狸精？"华桑在这儿跟着纳闷，他怎么不知道凉京城内来了只狐狸精。

"说谁狐狸精呢？姑娘我是黄花菜！黄花菜知道不？"这时，瞳谷"砰"的一声把门踹开，对着乔月半就嚷嚷。

乔月半拿着金镏子的手"啪"的一声就拍在桌子上，转身看了瞳谷一眼，没好气地说："说的就是你！你就是不要脸的狐狸精！"

瞳谷气得直跺脚，却也不能拿乔月半怎么办。她在人间听说：女孩子要淑女。

瞳谷思前想后，琢磨了好久之后优雅地伸出手，扯住了乔月半的头发。

嗯。这应该是最淑女的打法了。

乔月半当下就毛了，转身就抓乱了瞳谷额前盘得漂漂亮亮的发髻，同时还说着："敢在老娘的地盘上撒野！我可好几年没开荤了！"

"是时候一分胜负了。"瞳谷也不服输，乔月半用力，瞳谷也跟着用力，两个人在倚栏坊门前你撕我打的，好不热闹。

"老娘不管八千年前你跟惊蛰有什么恩怨，只要我乔月半还活着一天，我就不许你垂涎惊蛰！"乔月半扯下瞳谷的一把头发，甩掉之后狰狞着一张脸再一次加入战斗。

"那不是恩怨，那是爱的邂逅！"瞳谷也扯下了乔月半的一把头发，也拍了拍手给扔掉，大吼着再一次加入战斗。

"别说,乔妹刚刚那句话,说得还真挺让人舒坦的。"楼鱼和华桑并肩站在一起,十分默契地选择了作壁上观。

华桑倒是没在意这些,而是摸着下巴,十分苦恼地问楼鱼:"我长得不帅吗?"

楼鱼看了一眼一旁对着华桑窃窃私语的姑娘们,选择避而不谈。

华桑也没指望着楼鱼能给个答复,答案他已经知道了,他很帅,只是他就是有点纳闷:"怎么惊蛰无缘无故就成了蓝颜祸水?我美男子的人设是喂了狗吗?"

"主角光环,你理解一下。"楼鱼拍了拍华桑的肩膀,聊表安慰。

两人正在这儿闲聊的工夫,就听到乔月半声嘶力竭地对着气势明显弱了一截儿的瞳谷喊道:"老娘活着,惊蛰他就是我的财产;我死了,他就是我的遗产。我要是心情好了,就赏他做我的陪葬。就是死,他都是老子的小金库。你这种狐狸精,不要妄图染指我的小金库,他的财产都是我的!"

"你这么爱钱,你不配拥有惊蛰!哪里像我只贪图他的美色!"

"哎!你早说啊。"乔月半听到瞳谷的话之后,一下子停住了与瞳谷厮打的动作。

"我只贪图他的财产,不贪图他的美色。"乔月半拍了拍衣服,气定神闲地说。

"那真巧了。"瞳谷也停下了动作,说这话时看着乔月半,竟然是一脸的相见恨晚。

华桑表示不能理解,转身问楼鱼:"刚刚我是不是看到这两人扭打在一起,恨不得把对方祖坟都刨了的?"

楼鱼也反应不过来,表情呆滞地点点头。表示不理解这两人画风为何转变得这么快,这种一笑泯恩仇的戏码可不可以不要来得这么突然。

"那你把惊蛰的钱拿走,我把惊蛰的人拿走,你觉得怎么样?"瞳谷说这话时,瞳谷和乔月半已经互相给彼此整理好了仪容,一副相亲相爱、其乐融融的景象。

"那可不行!"乔月半一改刚刚的姐妹情深,摇身一变,再次变为守财奴说道,"嫁女儿都是得接彩礼的,更何况我嫁金库,你得给我彩礼,我才能让你把人牵走。"

于是,瞳谷与乔月半再一次因意见不合打了起来。

惊蛰来的时候,正好赶上她们中场休息。

"惊蛰,我给你两条路走:要么,自己扔下赎身的钱,和你的小黄花菜远走高飞;要么你就老老实实地留下来,快点把这株黄花菜打发走。"乔月半拎着惊蛰的耳朵警告。

惊蛰疼得一直喊"哎哟":"我选二。我选二。"

一旁坐着的瞳谷听到这话,"唰"地就站了起来,满脸委屈:"为什么?"

"因为你不喜欢我,我也不喜欢你。"

"可你是我的心上人啊。"

惊蛰听后摇了摇头,说道:"别的我不敢说,但我敢保证,等你明白了什么叫作喜欢,什么才是心上人的时候,你的心上人,一定不会是我。"

瞳谷听不进去惊蛰的话,以为是因为乔月半的存在惊蛰才不肯跟自己走,瞪着乔月半说了一句"你等着"之后,便转身走了。

乔月半天不怕地不怕,自然也不怕瞳谷这株黄花菜:"老娘等着!"

4 这就是蓝颜祸水的力量

瞳谷的报复很快就来了,在一个夜深人静的夜晚,她率领着一众妖怪,将乔月半给掳走了。

当麻袋被打开，乔月半看到瞳谷的那张脸时，心里咯噔了一下，把惊蛰骂了千百遍：原来这就是蓝颜祸水的力量。

乔月半被瞳谷关在一个山洞里，由一只温顺乖巧的蜜蜂精看守着。

瞳谷离开之前，对着小蜜蜂再三叮嘱道："把这人看好了，知道吗？要是弄丢了，我就唯你是问。"

小蜜蜂专心盯着瞳谷的脸蛋傻笑着："好好好，我会帮你看好这姑娘的。"

"这还差不多，我回去睡觉了。"瞳谷拍了拍手，转身大摇大摆地就要走。

小蜜蜂愣了一下，突然就委屈了起来，跟在瞳谷的身后问："你这么快就走啊？那你啥时候再来啊？晚上睡觉踢被子，没有我你怎么办啊？"

瞳谷听得不耐烦，转身把眼睛一瞪，小蜜蜂立马就闭嘴了，对着瞳谷满是关爱地说："做个好梦。"

瞳谷随意地应了一句就潇洒地走远了，留下小蜜蜂一个人在那里依依不舍地看了好久。

乔月半倚在山洞的墙壁上，打了第三个哈欠之后，终于忍不住用脚踢了踢那只小蜜蜂："你是不是喜欢瞳谷啊？"

小蜜蜂听后脸一红，把头扭到一旁，结结巴巴道："你你你……你可别瞎说啊！"

"我我我……我怎么就是瞎说了？"乔月半学着小蜜蜂摇头晃脑的模样，"我听说当初还没成精的时候你就陪在瞳谷身边，现在都多少年过去了，你还陪在瞳谷的身边，这如果不算是喜欢的话，那你告诉我，什么才算是喜欢？"

小蜜蜂脸一红,忸怩着好久都没说出什么话来,半晌之后才故作姿态道:"谁说我喜欢她啦!花痴女!见一个爱一个。"小蜜蜂十分嫌弃地表达了他对瞳谷的不满,"她还特别没品位,看上的男人,都没我长得帅呢。"

"不会啊,我觉得那个惊蛰公子就不错。"乔月半跷起二郎腿,故意大声说。

"呸!就他最不好!当年上山糊弄瞳谷,跟瞳谷说什么心上人的故事,导致现在瞳谷看谁都说是她的心上人!"

"那她说没说过你是她的心上人啊?"乔月半凑过去,用肩膀撞了撞小蜜蜂的肩膀,一副知心大姐姐的模样。

说到这儿,小蜜蜂扬了扬下巴,一脸傲娇:"我这么帅,瞳谷当然也不会放过我啦。"

乔月半问完了她想问的翻了个身就去睡了,小蜜蜂也不说话,坐在墙角抠墙根的草。

惊蛰踏着月光缓缓而来时,看到的就是乔月半四仰八叉地躺在洞里酣睡好梦,而小蜜蜂则坐在墙角里,像是一个受了委屈的小媳妇。

惊蛰开始由衷地思考,他是不是不应该来。

小蜜蜂听到脚步声抬头望过去,看到来者是个英俊帅气的小伙子,以为又是瞳谷乱招惹的山林精怪,只是嫌弃地嗤了一声,傲慢地说:"瞳谷她不在,有什么事跟我说就好了。"

惊蛰还来不及说什么话,一旁的乔月半就被小蜜蜂的声音给吵醒了。迷茫地揉了揉眼睛,乔月半下意识地四下望了望,看到不远处站着的惊蛰时,当场就"嗷"的一声叫出来了,男女主相拥而泣的画面简直指日可待啊!

不过这种时候,女二是一定会出来搅局的。瞳谷三步并作两步上前拦住了就要走向乔月半的惊蛰:"你是我的心上人,你不许带别的女人走。"

"瞳谷,万事不能强求。更重要的是,一些事情,你还不懂。"说完,惊蛰伸手扯断乔月半身前的结界,将乔月半拉到了自己的身旁。

"那你说,你说什么才叫喜欢?什么才是心上人?"瞳谷在后面,对着乔月半和惊蛰的背影,声嘶力竭地喊道。

惊蛰停了脚步:"或许你可以问你身后的那只蜜蜂。"

瞳谷听后转身看了蜜蜂一眼,等她再把头转过来的时候,乔月半与惊蛰已经消失不见了。

一回到凉京,故事就还原到了一开始的那一幕,惊蛰卑躬屈膝地守在乔月半的身前,乔月半说一,惊蛰绝对不说二。

"我问你!为什么去那么晚?你知道你再晚去一会儿,我就要被瞳谷给煮了吃了吗?"

"是是是!是小的不对。"

"我问你,当年你为什么非要上山去招惹那株黄花菜,你知道暗恋有多可怕吗?"

"是是是,是小的不对。"

"那我再问你!瞳谷她怎么又追回来啦?"乔月半一蹦三尺高,拎着惊蛰的耳朵就又给人家拎了起来。

惊蛰表示他也不知道,于是很无辜地看了乔月半一眼,等耳朵从乔月半的手里解救出来之后,他才问:"你怎么又来啦?"

瞳谷这一次来没上一次那么理直气壮,对着他们两人叹了口气道:"小蜜蜂对我告白了。"

"所以呢?"惊蛰说。

"所以我还是第一次被人告白,难免会有一点小激动。"瞳谷揪着手帕,忸怩着说。

"于是呢？"乔月半问。

"于是我决定先来人间躲一躲，我暂时还不知道该怎么面对别人的喜欢。"长叹了一口气，瞳谷忧愁着说，"毕竟是第一次，人家没有经验，不知道该怎么拒绝。"

"那小蜜蜂怎么办？"乔月半想起那只害羞的小蜜蜂，不可避免地一阵母爱就泛滥了上来，帮着小蜜蜂追问道。

"你不用担心我，我脚程很快的，不会跟丢的。"小蜜蜂突然把门推开，脸上带着灿烂的笑容，一本正经地回答乔月半。

瞳谷被突然出现的小蜜蜂吓了一跳，转身又往外跑。小蜜蜂见状匆匆地告别了乔月半与惊蛰，笑呵呵地继续跟。

走到门前，小蜜蜂突然转身对着惊蛰和乔月半眨了眨眼睛，语气轻快地说："你们很配哟。"

乔月半坐在床上一时没反应过来，傻傻地点了点头。

好一会儿之后，乔月半才反应过来，抬起双眸去看惊蛰，懒散地出声问道："他是不是说咱们两个很配？"

惊蛰看着乔月半这一脸风雨欲来的架势，咽着口水点了点头。

果真，乔月半提起嘴角，特别不屑地笑了一下，掷地有声地说："对我评头论足，他也配！我长得这么好看，你长得这么丑，咱们两个哪里很配啦？"

惊蛰看着乔月半，咬牙切齿地吼："你说谁丑呢！"

第十章 / 承难女

而今，你种植的小蓝树
终于要为你承载你的苦难，
切莫念我，
我同阿哥一样，
都是心甘情愿。

❮1❯ 她叫阿苦

这还是乔月半变成人形之后第一次出远门,她运气好,路过兰城的时候正好赶上了兰城开花的季节,大把大把的花瓣从树上落下,漫天都是飞花,无论是远观还是近看都漂亮极了。

可这时,除了乔月半与惊蛰两人,其他的人,都无心欣赏这蓝花,甚至一些人对于这盛开得正是娇艳的飞花,都起了杀意。

因为这飞花,是这三百年里兰城里唯一健康的生灵,甚至常开不败,冬夏依然。

惊蛰自然是知道三百年里发生了什么,可乔月半却是一点都不知道,看见了自己喜欢的风景,就撒泼耍赖地抱住身前的一棵树,死活不肯下来。

惊蛰拿乔月半没辙,只能与她一起欣赏这春日里的大把鲜花。

但无论花有多好看,惊蛰还是不太想在兰城逗留太久,愁眉不展地坐在窗前,连连叹气道:"我说乔胖儿,咱们早点走吧,我觉得这城里的蓝树有些古怪,它好像吸人阳气。"说完,惊蛰虚弱地捂着胸口,声情并茂道,"我可能撑不了多久了。"

乔月半跷着二郎腿,抬头看了惊蛰一眼,一边把手中剥好的栗子扔在空中,然后张嘴接住,一边气定神闲地下结论:"你这就是春困,找人打你一顿,你就舒坦了。"

惊蛰捂着胸口,这一次真的是受了内伤,伤心欲绝地看了乔月半一眼,故作愁容地唉声叹气:"我养了个冤家啊。"

乔月半没听到惊蛰的话,因为她的目光透过窗户,被下面的看似是恰巧路过的枫蓝给吸引住了。

枫蓝是兰城上一任的城主,一直都在兰城里居住,已经有三百年没离开过这座城池。

惊蛰一早就知道来兰城一定会与枫蓝见面,却没想到竟然这么早就让他给碰见了。

上前一把推开坐在窗边的惊蛰,乔月半侧着身子坐在窗沿上,对着楼下的枫蓝喊:"可是来找惊蛰算账来了?"

枫蓝抬头看向乔月半,十分浪漫地站在蓝树下与她隔空传话:"这么多年过去了,还是乔妹懂我。只是……乔妹你怎么修出人形了?"

"这个以后再说。你要是来找惊蛰的,那你就别在下面磨叽了……"转身看了看猫着腰,欲要携款潜逃的惊蛰,乔月幸灾乐祸道,"他要跑了。"

"果真我没白疼你。"枫蓝踮脚一跃,直接顺着窗户进了乔月半的屋子,逮到了逃跑未遂的惊蛰。

惊蛰耷拉着头,一副听天由命的模样任由枫蓝摆弄,好一会儿,才有气无力地说:"三百年前你要我帮你找的那个女孩,我确实是帮你找到了。之所以不告诉你,是因为那个女孩也给了我银子,要我别告诉你。

话说到这里,刚刚还一副垂死之相的惊蛰眉毛突然一横,对着乔月半唾沫横飞道:"花老子钱的时候爽得都要飞起来了,现在不知道救我就算了,还胳膊肘往外拐!"

"好端端的,你躲什么啊?"乔月半心虚地反驳,然后给枫蓝出馊主意,"既然惊蛰已经知道了你要找的人在哪儿,那你就再给惊蛰一笔银子,要他告诉你呗。"

"乔妹,我发现你不吃老鼠之后,变得聪明多了。"看了乔月半一眼,枫蓝伸手拆下了头上束发的发簪,竖着插进惊蛰的头上。乔月半觉得惊蛰的头上像是别了一根避雷针。

枫蓝却丝毫没觉得这样有什么不对的地方,像是坐在魔镜前对着魔镜施魔法的王后一样,枫蓝对着惊蛰讲:"惊蛰、惊蛰,快告诉我,阿苦在什么地方?"

惊蛰对这个世界绝望了,眼含泪水道:"前半个月,她出现在凉京城外的破庙里。"

枫蓝听后若有所思地点了点头,嘟哝道:"怪不得天晴鸟对我讲,凉京已经下了半个月的暴雨,原来是这个原因。"伸手拍了拍惊蛰的肩膀,枫蓝豪情万丈地说,"为了不让凉京的子民生活在水深火热之中,我决定远赴凉京一趟,解救一下凉京城内饱受大雨侵袭的子民们。"

"少在这儿胡诌了,想去你就直说。"乔月半鄙夷地看了枫蓝一眼,将最后一个栗子扔进嘴里,顺着窗户就爬到了外面的树上,仰头看着交错纷乱的树杈之间若隐若现的月亮。轻轻地,乔月半提了提嘴角。

背负厄运的姑娘,你的大英雄,马上就要降临了。

枫蓝随着惊蛰与乔月半回到凉京的时候是一个深夜,大雨依然没能停下。平日里热闹的街道如今空无一人,只有哗哗的水声在耳旁嘶鸣着,时不时地还会带出一阵响彻天际的怒吼。

这不是一个好天气，它看起来，像是在为灾难孕育着什么。

乔月半走在两人的身后，难得的安静，嘴角向上扬起，带出一抹古怪的笑来。

惊蛰注意到乔月半的不对劲，想回过头看一眼，就换来乔月半与平日里如出一辙的白眼："看什么看！看怀孕了，你负责啊？"

于是惊蛰的心落下了大半，还是那个白眼儿狼没错……可隐隐地还是觉得乔月半这几日，略有一些古怪，只是惊蛰实在是难以说出乔月半究竟古怪在哪里。

索性，惊蛰也不去想了。

看了一眼眼前大摇大摆的枫蓝，惊蛰觉得还是得先解决了面前这个冤家才好。

枫蓝付了钱，惊蛰自然要为他办事，叫来在窗外恭候多时的白玉鸟，惊蛰分别喂了它们一勺香灰，然后在墨盘里蘸了蘸笔，将枫蓝要找的人的模样画出来。"这姑娘就在附近，去把她找来，不要惊动任何人。"末了，惊蛰又补充道，"她叫阿苦。"

白玉鸟盘旋了几圈，没一会儿就各自飞走了。

乔月半撩起袖子，踢踏踢踏地在屋里乱走，倒了一碗惊蛰珍藏的好酒，乔月半凑到枫蓝面前，问："你和阿苦那孩子，是怎么遇见的？"

枫蓝听到乔月半的话，靠在那里久久没有动静。

提起过去，他都已经记忆模糊了。

毕竟他经历的光阴太过漫长，那些光阴岁月里的人儿，早已是一片虚幻。

枫蓝记得那天下了特别大的一场雨，他的纸伞在风中摇摇欲坠，天空阴霾成一片，连绵的云黑压压地罩在头上，压抑得让人喘不上气。

枫蓝的纸伞被风吹破了，他便躲进那破庙里避雨，也就是在这时遇见那角落里的小小人儿。

阿苦那时又瘦又小，蹲在角落里看着枫蓝，一双亮晶晶的眼睛里都是怯意。

枫蓝愣了一下，走上前问："你也是来避雨的吗？"

枫蓝每走一步，阿苦就瑟缩着往后退，虽然后面已是墙壁，再怎么退也都是无用功，可阿苦还是带着满脸的惊惧，想要避开枫蓝的接近。

枫蓝蹲下来与阿苦平视，试探着问她："你在怕我吗？"

阿苦咬了咬嘴唇，迟疑地点了点头。

"我只是路过避雨，"枫蓝把声音放柔，继续去问，"是不是不小心闯进你的地盘了？"

阿苦看着枫蓝，睁大了那满含怯意的眼，没再说话。

枫蓝的脸上带着轻柔的笑，仔仔细细地将阿苦打量了一番。

阿苦让枫蓝想起了他那早夭的妹妹，若是那孩子还活着，想必，也就阿苦这么大。

于是枫蓝就低头笑了笑，对阿苦说："我叫枫蓝，你叫什么名字？"

阿苦听后咬着嘴唇沉默了好久，枫蓝便也耐心地看着阿苦，脸上始终带着温柔的笑意。

半晌之后，阿苦都没有说话，枫蓝有些尴尬地念了一句："难道是没有名字吗？"

阿苦摇了摇头，继续不说话。

"既然不是没名没姓，那为什么不能告诉我你叫什么呢？是叫红英？还是绿雀？"

阿苦依旧怯怯地看着枫蓝,张了张嘴,还是什么都没说。

枫蓝看到之后笑了笑,自顾自地说:"看来我是猜对了啊,你叫绿雀对吗?"

阿苦咬了咬嘴唇,然后轻轻地摇了摇头,小声说:"不对。"

"那你叫什么?"枫蓝干脆盘腿坐下来,笑起来时露出一口整齐的白牙。

"我……我叫阿苦。"

"阿苦吗?很好听的名字呢。"

"谢谢。"顿了一下,阿苦抬头去看枫蓝,小声道,"你的名字也很好听。"

枫蓝愣了愣,咧开嘴,笑得悦目。

转头看了一眼窗外那非但没有停下来反而越下越大的雨,枫蓝征求阿苦的意见:"天快黑了,雨又这么大,你可以收留我一晚吗?"

阿苦看了一眼枫蓝,片刻后垂了垂眸,小声地说:"随你吧。"

枫蓝裹紧了衣服在这四处漏风的小庙里,睡了一个异常安稳的觉。

隔日一早雨停了,枫蓝与阿苦打了声招呼之后便走了。枫蓝走时,阿苦抱着双膝坐在那里,睁着一双黑色的双眸看向枫蓝,什么话都没说。

枫蓝走了没多久之后,却又原路折了回来。他实在是忘不掉阿苦的眼神,渴求却又期盼。

回到破庙里时,阿苦正蹲在门前晒太阳,睁大了一双眼睛去看那雨后湛蓝色的天空,迷茫且惆怅。

听到了脚步声,阿苦很是意外,甚至意外到主动去问:"你怎么回来啦?"

声音轻轻的、软软的,像只小兔子。

枫蓝走了这一路，想得倒也是明明白白，被阿苦这么一问，便想也没想的就脱口而出："你让我想起我死去的妹妹，她和你一样，也有一双清澈无辜的眼睛。我想带你离开这儿，你愿意和我走吗？"

阿苦听后低着头想了一会儿，然而还不等她有什么答复，枫蓝就一把扯起阿苦的手，替阿苦做了决定："我要去兰城，那里虽然说不上多好，但总归比这里强。"

阿苦轻轻地说了一声"好"。

枫蓝是在来到兰城的第三年才当上的城主，对于兰城那时的状态，他很不满意。

那时的兰城，一片死寂，天灾人祸总是会无端地降临在这座曾生机勃勃的城池里：飞禽走兽活不过幼年，地里的庄稼已经许久未有过收成，欲要离开兰城的子民，也都无端暴毙。

百姓叫苦连天，人人自顾不暇。可在这万物都活不太长的状态下，在诡异死寂的城中，唯有往日里，那曾脆弱过的蓝树开得最为娇艳，甚至久久不落，连冬日里的严寒，都没能让它枯黄。

百姓私底下流言四起——一些人认为这是祥瑞之兆，认为蓝树的力量可以拯救这座城池。一些人却认为这是厄运的象征，认为是蓝树吸取了兰城的精华，才使得兰城变成这副鬼样子。

毕竟，蓝树曾经是一年只有一个花期的植物，兰城里的蓝树，从来没绿过这么长的时间。

枫蓝站在蓝树下端详着那生机勃勃的花叶，希望能找出点什么。

枫蓝站在树下，阿苦也跟着站在树下，阿苦说："阿哥，你看，蓝树的花又开了。"

枫蓝也注意到了，蓝树的花瓣永远都是绽放着的样子，哪怕是掉落时，也会有另一朵花重新绽放在原来的枝丫上。

是生生不息的象征吧？阿苦兴奋地对枫蓝讲："我觉得这是好兆头。"

枫蓝却觉得这种周而复始，来得太过诡异，就像是一个诅咒一般，诅咒着这座城池。

枫蓝："离开我吧，这座城池，太过诡异了。"

阿苦盯着枫蓝看了一会儿，忽地就笑了："阿哥，你别再把我当作小孩子了，我已经不小了。"

枫蓝听后嗤了一下，鄙夷地道："可你还是一如既往的矮。"

阿苦听到之后好不乐意，嘴噘得能挂个瓢。

枫蓝突然停下了脚步，始终低着头嘟哝不满的阿苦毫无征兆地就撞到了枫蓝的身上。

阿苦嘴巴噘得更高了，看着幸灾乐祸的枫蓝，阿苦揉着眼睛怯怯地问他："看到我被撞，阿哥你其实很高兴是不是？"

枫蓝连忙摆了摆手，抿着嘴还轻轻地笑着。

枫蓝伸手帮阿苦去揉额头上被撞了的地方："我就是觉得你这一脸委屈的样子，可真好玩。"末了，枫蓝侧头看了阿苦一眼，抿了抿嘴，笑着小声说道，"也好看。"

于是那些府中的家丁就亲眼目睹了，在这严峻的时刻本该忧国忧民愁眉不展的城主，牵着幼女的手，笑得宠溺，却对兰城的苦难视若无睹的模样。

简直是个骄奢淫逸的昏庸之人！

可枫蓝这个昏庸之人还是劳心劳力地为了这座城池奔波着，即使在面对这座死寂的城池，他的努力变得徒劳，甚至可笑。

枫蓝请人为这座城池卜了一卦，卦象上模棱两可地写着："天命如此，物极必反。"

枫蓝不懂。

阿苦始终跟在枫蓝的身后，枫蓝做什么，阿苦就跟着做什么。有一日阿苦忍不住，问枫蓝："你大可以离开，像以前那样洒脱。"

枫蓝却摇了摇头，对阿苦讲："阿苦，你不懂，我身为兰城城主，肩膀担着责任。"

"可这就是这座城池的报应！你怎么不想想，为什么其他的地方都好好的，只有兰城，是这个模样？"阿苦站起来，眼中突然生出了许多泪水，气势汹汹地说了这一句话之后，声音就放软了起来，低着头说道，"阿哥，别再管这里的事情了，你管不了。"

在这一刻，枫蓝有些疑惑，他的小阿苦，怎会说出这样的话？于是枫蓝便笑，对着阿苦讲："我想不出来，阿苦可愿意告诉我？"

阿苦抬头看到枫蓝的笑，眼泪便控制不住。上前抱住枫蓝，阿苦哽咽着劝他："阿哥，离开这儿吧，这儿不属于你。"

"可我属于这里。我作为城主，有造福百姓之己任，我放不下我的子民们。"

"可是阿哥……"阿苦哽咽了一下，敛下眸子，没再说什么。

❷ 那时，它们……都是没见过四季的生命

枫蓝最近有了一个让他惊喜不已的发现，他注意到阿苦房间里的那株海棠，它开了花。

枫蓝很高兴地将那株海棠移植到院子里，然后叫来了许多人对着他

们说道:"假以时日,兰城一定会恢复往日的生机。"

一个人问:"那若是没恢复到往日的模样,你拿什么来补偿我们?"

其实枫蓝不必做这么多,他虽然是仙者,却没有义务保证每一个人的幸福。

可他却说:"我相信这是一个好兆头,给我三年时间,若是三年之后这座城池还是这样的死寂,我愿用自己作为祭品,来祈求上天的怜悯。"

三年,够了。

那些不识好歹的子民听到这个消息之后要枫蓝签了字、画了押。

这是一群愚蠢的人类,自私自利,不懂感恩,也不懂被爱,在灾难面前被吓昏了头,什么人性都抛诸脑后。

那时阿苦就站在枫蓝的背后,她来不及阻止,看着枫蓝许下了诺言。

三年时间很快就过去,阿苦依旧和枫蓝生活在这兰城里。

阿苦还是那个阿苦,见到人首先做的,是先低下头,然后往一旁挪一挪身子。

可阿苦却好像不再是以前那个阿苦了,她会抱紧枫蓝的胳膊,对他说:"阿哥是这个世界上对我最好的人,阿苦愿意为哥哥做所有的事。"

这时枫蓝就会笑,拍一拍阿苦的头,对这个一脸天真的姑娘说:"你只需站在我的身后就好。"

枫蓝应该是不会想到,这个见人就躲、走路都低着头的姑娘,竟然会做出那般决绝的事情。

事情发生在三年后的一个清晨,枫蓝在一众子民的目光下,走进了祭坛之中。

他没能拯兰城,只能献出自己。

为祈求兰城风调雨顺,他会用火把,将自己燃烧;用灵魂,去喂养那高高在上的神明。

如若没有赌约,枫蓝也是心甘情愿的,他是城主,他有义务保证他的子民安居乐业,所以他愿意牺牲。

可他放不下阿苦,所以在上祭坛之前,他将阿苦锁进了屋子里,对她说:"别去,你会被吓到。"

"阿哥,你不必如此,这是这座城池的报应,牺牲多少个人,都挽救不回来的。"

枫蓝听后敛了敛眸,半晌后才看着远方,苍凉道:"总得试试。没有了我,走路也要抬头挺胸知道吗?你是我的妹妹,你没必要卑微。"

然后阿苦再说些什么,枫蓝就听不见了。他越走越远,一步一步地迈向那沉重的祭坛之中。

枫蓝站在图腾的中间,看着祭坛下面自己的子民们,神色平静地等待着被牺牲。

身后突然燃起了一把大火,火光之中带着细细的哽咽,像是谁家姑娘的哭诉。

火势顺着图腾一点点地向中间蔓延,如同魔鬼的利爪就要扑向那图腾中站着的男人,可就在大火涌起的上一秒,长长的一根树枝落下,将那男人从图腾之中推了出去。

当下,众人哗然,目光顺着树枝齐齐地望向那火光之中的姑娘。

她有一双无辜的眼睛,身形娇小略显单薄,一步一步地从火光之中走到枫蓝的身边。

这时众人才看清,这姑娘是枫蓝城主最疼爱的妹妹,那个名叫阿苦的姑娘。

枫蓝看清了刚刚是什么将自己推开的,那是阿苦的手臂,准确来说,是变成了树枝的手臂,他看着阿苦,久久说不出话来。

倒是阿苦先笑了,她对枫蓝说:"阿哥应该是有许多问题想问阿苦吧?阿苦却只有一个问题想回答,我只是舍不得阿哥为这些愚民牺牲,所以,阿苦便来救你了。"

"你刚刚?"枫蓝张了张嘴,话说到一半之后去看阿苦的手臂,这时她的手臂已经和正常人一样。

阿苦顺着枫蓝的目光望下去,然后便笑了,抬头看着枫蓝,一双眼里带着笑意:"我是一棵蓝树。"

枫蓝有些震惊阿苦的来头,一时之间不知该做何反应,倒是阿苦打开了话匣子,眼睛里隐隐约约有着眼泪:"阿哥,你知道吗,以前这座城里的蓝树,都是活不过一个春天的,甚至一些蓝树还过不了花期,就已被耗尽了精元。而如今的蓝树,却又是常开不败。"

枫蓝想起这兰城里人们的种种模样,又想起关于蓝树的传说,心里隐约有了答案:"别说。"

阿苦却咬了咬嘴唇,还是忍不住将真相说出来:"因为这座城里的子民们发现蓝树有着承载一切苦难的能力,于是家家户户都开始种植蓝树。蓝树会依附在种植它的人的生命里,代替他承受他本该遭遇的苦难,所以一些蓝树总是活不了太久,因为每个人都因为蓝树的存在而变得肆无忌惮了起来。"

听了阿苦的话,枫蓝终于明白了那卦象,明白了什么叫天命如此,物极必反。

这座城里的人让蓝树承载了太多,终于遭到了报应,上天将他们过渡到蓝树身上的苦难,都反噬了回来。

命就是命,修改只是一时,总有一日,还是得还回来的。

不知想到了什么，阿苦又笑起来，伸手摘下一片蓝树的叶子，她温柔地盯着它看，轻轻地说道："在这座城还生机勃勃的时候，除了我以外，我没见过任何一棵蓝树活过了春天。那时，它们……都是没见过四季的生命。"

"那你……"枫蓝想问为何阿苦是个例外，可话到嘴边，他却又忍不下心来。

他终于明白曾听过的一句话：人性本恶。

他还记得老友惊蛰知道了他正在担任兰城城主而给他的好心提醒：别把那些手无缚鸡之力的愚民当作什么保护对象，在那里，你还是自求多福比较好。

阿苦未听枫蓝说完就理解了，她看着枫蓝，满目都是温柔："因为，我是你种的。"

说罢，阿苦敛着眸，轻轻呢喃道："阿哥，你是个好人，我不需要为你承载什么苦难，所以我活得很好。我不但见过了四季里的落叶与飞雪，我还遇见了阿哥你。"

阿苦如释重负地叹了口气，挺直了胸膛，掷地有声道："我终于明白为什么万物修行都要来人间，因为这里有相遇。而相遇，它太美好，比落叶与飞雪还要美好。"

话说完，阿苦就张开双臂，低头看了一眼枫蓝。见枫蓝的神色惊慌，阿苦咬了咬嘴唇，对他说道："而今，你种植的小蓝树终于要为你承载你的苦难，切莫念我，我同阿哥一样，都是心甘愿。"

话落之后，阿苦便毫不犹豫地向后倒去，倒进了那张由火编织成的网里，在片刻之间，焚烧成灰烬一捧。

故事听到这里，乔月半关注的不再是枫蓝与阿苦之间的爱恨情仇："所以这就是兰城以前养什么都养得活,唯独养不活蓝树的原因吗?"

枫蓝有点跟不上乔月半跳跃的思维,惊蛰却是一副见怪不怪的模样,安慰枫蓝说:"你习惯就好了。"

枫蓝应了一声,也不知道是在应乔月半的话还是应惊蛰的话。

"既然阿苦都烧成灰了,枫蓝你干吗还找她啊?"

惊蛰抢在枫蓝前面向乔月半解释:"因为上苍不接受兰城的祭品,所以那把火只是将阿苦的肉身烧成一把灰,而魂魄却是依然在的。至于为什么上苍并未原谅兰城,而兰城却又恢复了生机盎然的模样,这就要问那棵承载着万物苦难的小蓝树在背地里做了什么了。"

话到这里,谁都没再说话,也许都是不知道该说些什么,一只白玉鸟破窗飞进来,惊蛰喂了它一勺香灰,夸赞道:"做得不错。"

白玉鸟像是听懂了一般,啾啾了两声之后就扑扇着翅膀飞走了。

"跟着它走,它会带你去找阿苦。"还没等枫蓝出门,却听到门被推开的声音,接着便有人娇笑着说:"原来,还真有人惦记着我。"

原来是那姑娘,一身白袍,面色苍白。而今她来这断楼,来见苦苦寻她多年的那人。

"阿苦。"枫蓝叫她的名字,上前一步扶住她的肩。

阿苦闻声望过去,看到枫蓝那如旧的眉眼,像是有了着落一般,轻笑着说道:"阿哥,许久不见了。"

比起阿苦,枫蓝心里却是酸涩得不得了。

阿苦她看起来并不好,即便是三百年过去了。

他们俩离得近,枫蓝能看到阿苦的脖子、手臂,甚至是脸上遍布了一些大小不一的伤口,像是斑驳交错的树枝一样狂妄地生长在这个女孩的身体之上。

枫蓝张了张嘴，话到了嘴边，却又咽了下去。

他大概猜到了这些伤疤会出现在阿苦身上的原因，想必是阿苦，这个天生就带着承载能力的小姑娘替兰城承载了灾难，继而在脸上留下这些大小不一的痕迹，甚至有一些还滴着血。

枫蓝明白，兰城的罪不赎完，阿苦身上的伤便不会痊愈。

他没想过要阿苦来承受这些，她们蓝树一族已经遭受了太多，他敛下双眸低声对阿苦说："阿苦，和我回家吧，你胆子这么小，一个人在外，我始终放心不下。"

阿苦听到后眼底渐渐浮上轻柔的笑意，上前一步柔声安慰道："阿哥莫怕，我已长大。"然后她敛着眸，笑意渐渐地清晰了起来，"我即将要离开，阿哥你要早早地对我放下心才好，不然……不然这日子会很难熬的。"

"阿苦，你不必对我说这些，我既然找到了你，自然就不会让你再离开。"然后，枫蓝的态度突然变得强硬了起来。

他执拗地看着阿苦，对她说："好姑娘，跟阿哥回家，我们再也不要理这些俗世里的烦心事，我们去过我们的生活。"

他终于肯放下肩上的担子，说要带着那小小的姑娘远离那多灾多难的城。

可是晚了太久。

姑娘听后低下了头，一双眼睛眨啊眨地说道："可是阿哥，已经来不及了。"

万事都已太晚，这句话，迟了太久。

阿苦说完这话便转身，不过是刹那就消失不见。

好歹，她也是一只精怪，怎能没有这样的本事，才渡劫的枫蓝，追不上阿苦，不过是一个眨眼，这失而复得的姑娘，就又消失在了夜色里。

❖③❖阿苦，我一个人太难过。

那夜之后枫蓝便离开了凉京，他也没说他去哪儿了，只是孑然一身地走进了那风雨之中，似乎是去追逐那消失在夜色里的姑娘去了。

惊蛰发现乔月半最近越来越不对劲了，她依旧早出晚归，却并非是去华桑那倚栏坊里潇洒风流。

惊蛰知道后轻轻蹙眉，不知道她在瞎忙些什么。

这一次，乔月半走了半月有余。

离开时，乔月半双手空空；回来的时候，乔月半抱着一具尸体。

惊蛰记得乔月半怀里的女孩，就是枫蓝心心念念了三百年的小蓝树阿苦。

惊蛰很是好奇，不过是半月不见，这小蓝树怎么弄成这般模样？但他更好奇的是，乔月半为何会去管这样的闲事儿。

把死去的阿苦放下来，乔月半抓来窗前的白玉鸟，硬是喂了一勺香灰给它，命令它道："去把枫蓝找回来。"

白玉鸟吃了香灰之后只是在羽毛上蹭了蹭，并未做何反应。惊蛰想要看看乔月半能弄出什么幺蛾子，远远地对着白玉鸟点了点头，白玉鸟这才拍了拍翅膀，起身飞走了。

在白玉鸟飞走之前，乔月半撕下阿苦的衣衫给白玉鸟叼在嘴里，或许就是因为这一块小小的衣衫，枫蓝来得很快。

一个日出，枫蓝手里紧紧地攥着阿苦的衣衫，紧张地敲响断楼的门。

他想带阿苦离开，他有很多的话想说。

开门的人是乔月半,她并没有让他进门:"人在我这里,但我不能这么轻易地就让你见她。"

"阿苦自己会出来的。"枫蓝言语轻轻,却说得笃定。

"她出不来了。"

枫蓝一瞬间有些迷茫,随即他睁大了眼睛去看乔月半,掩饰不住那满面震惊。

乔月半见枫蓝这般模样就知道,他会意了。

乔月半笑了笑,风情万种地靠在门框上说:"我并不是一个难缠的人,你答应我一件事,我就让你带阿苦走。"

"何事?"枫蓝的一双眼中,竟然满是眼泪。

"现在还说不得,但你放心,我并不想要你的命,只是一些事情,我办不到,一时之间也找不到谁愿意帮我,所以才需要枫蓝城主你欠我个人情。"

枫蓝并没有问为何不去找那惊蛰公子,听闻这惊蛰公子可是愿意为了这乔月半赴汤蹈火、万死不辞的存在。

枫蓝只是轻轻地说了一声"好",然后就越过放了行的乔月半走进屋子里。

那时惊蛰正坐在摇椅上摇着蒲扇假寐,想必刚刚的对话,他也都听到了。一旁的香炉里燃着不知名的香料,闻不到味道,只看得到那青烟一点点地升腾起,又一点点地消散。阿苦被安置在角落中,身上盖着白色的一块布,将整张脸都遮住。

"她……是怎么死的?"枫蓝哽咽着。

"虽然修炼成精,可她也不过是小小的一棵蓝树而已。兰城里的人作孽太深,早已将阿苦的身体腐蚀,能挺到现在,估摸着也是为了在死前见你一面。"

后来见到了，就顺应天命，死在了那烈日之下。

枫蓝点了点头，没说什么话。他将阿苦抱起，沉默着走远。

他带着阿苦来到了他们第一次见面的地方，附近有一个很淳朴的小村庄，每个人的脸上，都带着清澈的笑，晚饭过后邻里乡亲坐在一起去谈论外面大城镇里的事情。蒲扇带过晚风，月光也总是映出每一张淳朴的脸。

他们在这样美好的地方相遇。

缘起于此处，缘也灭于此处。

枫蓝将阿苦安葬在了这里，然后在坟旁盖了一座小小的茅草屋，每日闲下来的时候会坐在坟前，笑着对阿苦讲今日村子里谁家的孩子惹了祸，谁家的女儿又嫁了人。

而后话落，他也总是会加上一句："阿苦，我一个人，太难过。"

但他的话语，总是无人回应，唯有那风，偶尔会将他的话吹散。

那日枫蓝从惊蛰这里走后，惊蛰与乔月半之间那隐藏着的暗涌便被搬到了台面上。

惊蛰依旧坐在那里，闭着眼睛像是要睡着了，摇着蒲扇，甚是优哉的模样。

乔月半也还站在门前，微微斜了斜身子靠在门框上，眯着眼睛去看那太阳，也不知在看些什么。

两人都沉默了许久，等最后一只白玉鸟归巢时，惊蛰才慢悠悠地开口问："这具身子，花苑姑娘还要霸占到何时才肯还给在下啊？"

站在门前始终远眺的乔月半……或者说花苑愣了一下，转过头与惊蛰对视着，慢悠悠地提了提嘴角，脸上扯出一抹笑来。

第十一卷 / 苑君生

我知你已没有来世，
可我还是要等你，毕竟……
毕竟我还有这么长的一段人生，
总得有个念想。

①女妖花苑的能耐天上地下敢问还有谁人不知

即便已经沉寂了很久,可花苑的名字无论在谁的耳边提起来,都依旧如雷贯耳。

惊蛰倒是个例外。提起那上古孕育出来的第一只妖,惊蛰脑海里想起的只有她上挑的眉眼与嘴边嘲弄的笑,被风吹起来的长发以及风中凛冽的衣袍。

在惊蛰看起来,那个女人狂妄得很,不是很入他的眼。

可对于那个女人的落败,惊蛰还是觉得有些可惜。

关于为何花苑会甘愿舍弃修为,藏匿在一颗鱼目珠子里的传闻不少,流传最广的就是花苑的爱人君渡沦入了九藏逆境之中,要被九藏抽取七情六欲,养成傀儡。而花苑为救爱人,身心俱裂,只能藏匿于一颗鱼目珠子之中。

这传闻对了一半,也错了一半。

确实有人沦入了九藏逆境之中,只不过那个人不是君渡,而是花苑;也确实有人为救爱人身心俱裂,只不过那个人也不是花苑,而是君渡。

故事还要从花苑与君渡的第一次见面说起。

那时他们都隐了真身,一个说自己是普通人家的儿郎,来这泰南山不过是巧合;另一个则说自己是好人家的姑娘,一心想要变成那九天之上的仙女,于是便来了泰南山上修行。

他们双双将那老道士欺瞒住,摇身一变,变成了师姐弟。

花苑第一次见到君渡的时候,是在那老道士闭关的时候,老道士吩咐花苑来安顿她的这个小师弟。

那时她的手中握着一根细柳,懒散地应了下来,躺在墙头上晒太阳。

君渡迈进道观大门里的时候,看到的第一抹风景就是那个讨人厌的师姐没规距地躺在墙头上,闭着眼睛酣睡。

但其实花苑并未睡着,她听到了脚步声,瞥了一眼。

只是一眼,花苑就明白,她不喜欢这个师弟,他身上捉妖人的气息,呛得她都喘不上气。

可花苑却并没有离开,不喜欢不代表要逃避,在花苑的世界里,不喜欢就代表着,这个人,可以欺负了。

花苑比君渡早来了三个月,便将倚老卖老、长者为尊这两个词,发挥得淋漓尽致,将那憨厚的小师弟使唤得脚不沾地。

君渡倒也任劳任怨,任花苑怎么胡闹,连句抱怨都没有。

日子久了,花苑就好奇,这君渡的脾气,究竟好成什么模样。趁着有一日让君渡给打洗脚水的时候,她就忍不住问:"你脾气干吗这么好?"

花苑只是随口一问,却没想到君渡的反应把她呛得不行。

"那师姐你的脾气干吗这么坏?"

傲慢地将眼梢一挑，君渡摇身一变从小绵羊变成了大灰狼。

花苑可不怕君渡的这副模样，她只是愣了愣之后就一字一句地警告着君渡说："因为我是师姐。"

君渡听后只是沉默着坐了下来，等着花苑洗完脚之后好给花苑倒洗脚水。

以往都是这么过的，却不知为何，在刚刚看了君渡的那副模样之后，花苑心里总是有些不舒服，便忍不住多瞄了君渡几眼。

本来也是相安无事的一个夜晚，却因为花苑这随意瞄去的几眼，变得暧昧了起来。

君渡突然转过头来，一双眸子没有了往日的温顺，紧紧地盯着花苑，眸色里暗藏锋芒。

花苑眼神一个闪躲不过，便被君渡给抓到了小尾巴。

花苑好歹也是万妖之王，不甘示弱地瞪了回去。

谁曾想君渡反倒笑了起来，将手握成拳头掩住唇边的笑意，率先将眼神收了回来，虽然片刻之后，君渡的双眸，又放在了花苑的身上。

"师姐为何频频看我？"

"师姐我就是想知道，我的小师弟到底打的是什么主意。"花苑双眸带笑地看君渡。

"师弟我连进泰南山都是误打误撞，更别说能想到会碰上师姐这么厉害的人物了，何来主意可打。"然后君渡俯身去端花苑脚下的那盆水，谁知花苑却不甘，踩着水盆就站了起来，继而攀附在了君渡的身上："你我好歹同门一场，师姐有样东西想要送给你。"

"师姐你还是先从水盆里出来吧，夜深露重，师姐着了凉，可就不好了。"

"不，有件事，我一定要跟你说。"话落，花苑的脚在水盆里跺了跺，她倾身上前，不轻不重地咬了咬君渡的耳垂，然后在上面留下轻轻的一个吻，吐气如兰，"算是这段时间，小师弟为师姐我跑前跑后的报酬。"

然后君渡的脸"唰"地就红了，那眼底的锐利，也被那一个吻化得烟消云散。

花苑本来是想挫一挫君渡身上的锐气，看他爱害羞，故意整整他，却没想到就是这么一个不轻不重的吻，竟然让君渡误以为花苑是喜欢上了自己。

这让君渡很纠结，要怎么回应花苑的感情，唉，帅弟的烦恼就是多。

第一次面临这种事情，不知该如何处理的君渡给花苑的反应就是——既然你喜欢我，那我也就试一试，看看能不能也喜欢上你吧。

最后的结果是，花苑是一个招人喜欢的姑娘，君渡这种情窦初开的男孩子，完全无力招架，不过是一月的时光就彻底沦陷了，连捉妖人祖传的古琴都送给了花苑。

当然花苑也回赠了君渡一把叫作斩天的名剑，还跟他聊了一些烦心事，比如她来泰南山是因为花溅谷里有小妖与她作对，她懒得理，就出来讨个清闲。

于是君渡这傻小子便将花苑的抱怨当成了求助，当夜提起斩天就去血洗了花苑的老家，将花溅谷里不服花苑的精怪杀得片甲不留，然后还美滋滋地去跟花苑说："我已经替你解决了烦恼，你想回家随时都可以回去。"

这本是一个小小的误会，花苑不过是向恋人撒撒娇，而君渡不过是替她出出气，却证明了两件事情：第一是情商低是会死人的，第二是冲动是魔鬼。

花苑彻底毛了,她也不顾现在身在何地,直接就凌空而起,悬于泰南山的半空中,眼底一片戾气。

她对君渡说:"我不过就是使唤了你几年,我看你也挺享受的,又何必去杀我众妖,血洗我花溅谷?"

君渡来不及回答花苑的话,因为泰南山的那些老道士看到空中突然飞出一个妖怪之后,便召集了道观里的所有弟子,张罗着要把花苑打下来。

君渡不能看到花苑被欺负了,所以他也毛了,顺手也将泰南山的一众师兄弟降于剑下,转身正想炫耀之时,却发现身后那怒气冲天的姑娘,早就不知道飞去何处了。

后来君渡一点点地成长了起来,也意识到了自己究竟做了多么荒唐的事儿,也没脸去找花苑求亲亲抱抱,直到很多年后他们在天宫宴上再次遇见。

那是天帝御舟的寿辰,作为上古孕育出来的第一只妖,花苑受邀其中;身为天下第一捉妖人的后代,御舟自然也没将君渡落下。

花苑并不是一个守时的人,所以她前去赴宴的时候,寿宴已经进行到一半了。

君渡酒量不好,寿宴进行到一半的时候他就喝得半醉,屋子里太闹,于是他便出来透透气。

于是刚来赴宴的花苑就遇见了出来醒酒的君渡。

君渡看到花苑眉心一凛,酒醒了大半:"花苑?"

花苑眯着眼睛迷茫地转头去,扯起嘴角,远远地笑了:"许久不见了,小师弟。"

"距泰南山一别已有数年,师姐还和以前一样,一点也没变。"君渡走上前,步伐矫健,面色从容。

花苑看着这样子的君渡，怎么也无法和当初那个傻傻憨憨的小师弟挂上钩，又想起那晚君渡一身锐气的模样，想必君渡身上的锋芒，应该就是在那时开始的。

"师弟你却变了很多。"花苑靠在树上，看着君渡下结论。

想起自己年轻时做的荒唐事，君渡一脸深沉地说："也该变了。"

花苑倒是适应不了他的小师弟突然变成这副大男人的模样，随便找了个空子就想开溜。

花苑转身走了没几步，就听到君渡在后面喊："我们还能再见面吗？"

"我就在花溅谷。"花苑潇洒地摆了摆手，没明说，也没拒绝。

❰②❱趁我还活着，不如师姐对我说句再见如何

花苑没能等到君渡来找她，那天她参加完宴席回到花溅谷之后，她就被篡位了。

众妖揭竿而起，要将花苑从妖王的位置上，拉下来。

曾经最让花苑相信的人——树长老站出来说道："经查证已确定三千年前女妖花苑勾结捉妖人，残害同门，罪无可恕，今日起，贬其妖王一职，关在九藏逆境之中，以示惩戒。"

想必那老树精口中的三千年前的事情，应该就是那年君渡来血洗花溅谷那次了。

树长老说这话时，花苑还跷着二郎腿坐在妖王的桌椅上，胳膊撑在一旁的扶手上，对着没有异议的众妖，提着嘴角笑得意味不明。

作为上古孕育出来的第一只妖，面对这样的局面，花苑也并非全是被动，如果她想，只需刹那，就可以葬送在场的所有人。

不过是百年之后，新的小妖们长成，她还会拥有她的王国，她也还是那个万人之上的妖王花苑。

可花苑却什么都没有做，只是随手端起那盛满了葡萄的盘子，一边吃着葡萄，一边步伐轻松地去了通往九藏逆境的路口。

妖王这个头衔让花苑有点累，如今既然有人争着抢着要坐那把象征着权势的椅子，她不介意也让别人感受一下权势带来的压力。

听说九藏是一个怪人，但愿九藏能允许上古孕育出来的妖怪在他的地盘里作威作福。吃掉盘子里最后一颗葡萄，花苑在心里这么想着。

但花苑的美梦破碎了，在九藏逆境这个奇怪的地方，她就像是一只弱鸡一样使不出她的半点能耐。

同时，九藏还表示出了她对花苑这只上古孕育出来的第一只妖的好奇，在让人把花苑抓起来之后，九藏就宣布，今夜她就要当众把花苑解剖了，好看一看，上古孕育出来的东西和他们这些后天修炼出来的有什么不一样。

花苑被吊起来的那一刻，她很悲催地想：早知道九藏这么操蛋，当初就不那么任性了，其实妖王这个位置，坐着还挺舒服的。

咬了咬牙，花苑甩出两行清泪，终于领悟到了"悔不该当初"这句话的含义。

九藏越走越近，花苑也终于听天由命了。九藏逆境却再一次被打开，这一次将脚步从容不迫迈进来的人，是君渡。

君渡第一眼看到的，就是一脸悲壮的花苑，他笑了笑，道："我以为我这一辈子，都看不到师姐这般落魄的模样。"

"刚刚我也以为，这一辈子，我都不用再听到我的小师弟说风凉话了。"

"这可不是风凉话，师姐，我是来救你的。"说着，君渡已经走到九藏身前。

　　离得有些远，花苑不知道九藏与君渡说了些什么，等她反应过来的时候，她已经被放了下来，而被吊在那里的人，则被换成了君渡。

　　君渡将手中的剑隔空抛给花苑："师姐赠给我的这把剑着实好用，可用久了，也着实有些生厌。如今我将这把剑还给师姐，还望师姐能将我的六弦琴还给我。"

　　花苑以为君渡又想起那把琴的好来了，于是也没多想，就从袖子的空间包袱中拿出六弦琴还给了君渡。

　　谁知君渡接过了琴后却说："我与师姐已经银货两讫……"垂了垂眸，君渡凄凄一笑，"趁我还活着，不如师姐对我说句再见如何？"

　　花苑不是傻子，她明白君渡救了她一命，同时她也深知，九藏太过深不可测，她并非九藏的对手，她救不了君渡。

　　所以花苑只是上前几步，踮了踮脚，抓过君渡的头然后吻了上去。

　　"师弟的这点小心思，作为师姐我怎能不明白。"花苑说这话时，声音里还隐隐夹杂着笑意，抬眸看着君渡时，一双眼睛也弯成一轮新月般好看。手指还流连在君渡的发丝之间，轻抚君渡的耳郭。

　　再一次把脚踮起来，花苑去吻他的脸，同时吐气如兰道："所以……君渡，我们不说再见……我们……说我爱你。"

　　君渡听后一滞，随即便笑了，看着花苑道："是，我爱你，在泰南山上的时候，就爱你爱得不得了。"

　　"所以我虎头虎脑的小师弟为了我这只妖怪师姐血洗了花溅谷。"花苑卷起君渡的一缕头发在指间把玩，看着君渡，一点点地叙述。

　　君渡看着花苑，倒是不好意思地笑了笑。

"君渡，我对你的感情视若无睹了那么多年，是我不对。如今，你得给我个弥补的机会，所以……如果我们都活着从这九藏逆境中走出来，你便八抬大轿风风光光地来花溅谷娶我吧。"说完，花苑看着君渡，一双眼睛里隐隐约约有眼泪。

君渡低头吻去花苑的眼泪，声音低沉道了一句："好。"

君渡是死在花苑眼前的，他在九藏的手下身死神飞，天地之间，再也寻不到半点踪迹。

可刚刚才在一起许下过海誓山盟的人，哪能如此轻易接受他的离开，花苑决定，要为君渡续命。

于是花苑念了个诀，穷尽毕生修为将君渡的元神凝聚在一起，同时也帮君渡制造了一个小小幻境，将君渡养在了那里，以待元神修复和修为增进。

花苑将自己身体里所有的一切都渡给了君渡，甚至是生命，可她还想见君渡一眼，所以她为自己留下了一缕魂魄，也将自己那仅剩下的、无处安放的一缕魂魄藏在了地上被九藏随意丢掉的鱼目珠子里。

这鱼目珠子有养魂的功效，既可供她栖身，又不会被九藏发现，她可以等着有朝一日时机到了，再见君渡。

所谓的时机到了，就是君渡有能力打破花苑亲手所制的幻境，从里面走出来，重返人间。

可如今时机还未到，君渡依然在幻境里，孤独地面对着一切，而花苑藏在鱼目珠子里的那一缕清魂却苏醒了。

这是花苑的本意，因为花苑感应到了君渡，她迫不及待地要去见君渡，要让君渡八抬大轿来娶自己，要让自己成为这人间里，最为风光的新娘。所以花苑便从鱼目珠子里走出来，借用了乔月半的身体，打算去寻找君渡。

惊蛰可不信花苑这个老妖怪，要问天地之间谁最会说谎，花苑绝对是不二的人选。

花苑看到惊蛰一脸不相信的神色也料到了惊蛰会阻拦："老朋友，好歹也认识那么久了，看在这么多年相识的分上，我这最后的心愿，你不打算帮我圆了？"

惊蛰明白花苑在说什么，如今花苑都要靠乔月半的身体行动，连个人身都幻化不出来，这说明花苑虚弱极了。

鬼才会相信花苑是感应到了君渡才迫不及待地在鱼目珠子里苏醒过来，这么多年花苑都等了，又怎么会因为这么几天去冒这个险。

要知道，花苑是一缕清魂，她藏在鱼目珠子里，只能苏醒一次。

所以真相惊蛰也知道，花苑她恐怕是已经虚弱到了等不到君渡过来找她，所以才冒险苏醒过来，看看能不能进入君渡所处的幻境里面，与君渡见一面。

这么多年的老朋友了，既然花苑找到了这里来，这个忙惊蛰自然是要帮的，只是丑话说在前头："你可不能用乔胖儿的这具身子嫁给君渡。"

花苑低头嫌弃地看了乔月半这身子一眼，冷笑了一声后意味深长地对着惊蛰说："到最后这具身子不还是要丢的？"

惊蛰被花苑说得哑口无言。

因为幻境乃是花苑所制，所以找到它并不难，可难的是怎么进去。

毕竟花苑虚弱极了，很有可能在进去的途中，就会被那个空间所碾碎，直到等来了枫蓝。

枫蓝是花苑叫来的，当初把阿苦还给枫蓝时，花苑让他答应自己一件事，那时花苑没说这件事是什么只是为了等到今日。所以今日枫蓝来了，花苑便对他说："我需要一棵蓝树，而我只是一缕清魂无法种植，现在我要你帮我种下它。"

于是惊蛰便明白了，可惊蛰想了想，觉得这个方法不可行，因为："花苑，你忘了吗？蓝树只会替种植它的人，承载苦难。"

"惊蛰，我是花苑，我是万妖之王，即便是落魄了，我也不凡。"然后话落，花苑便示意枫蓝将蓝树种植下去。

枫蓝看着花苑将自己刚种植下去的蓝树幼苗，握在掌心。

花苑念了个诀，那幼苗就突然长成参天大树，细嫩的枝丫却穿过花苑的掌心，一路蔓延到心脏。

花苑将自己和有着承载能力的蓝树，连在了一起，这样她所承受的东西，便会自动地转移到蓝树的身上，她可以完好无损地进入幻境，不用被碾碎。

惊蛰看到这样的情景，拍着额头骂自己是个老糊涂。

❖③❖我知你已没有来世，可我还是要等你

在进入幻境之前，花苑拥抱住了她所种植的那棵蓝树："你为我所生，又为我所死。大恩难忘，愿来生能好。"

然后花苑留了滴眼泪在那棵蓝树上，转身便进了幻境。

在花苑彻底进入幻境的时候，那棵蓝树迅速地衰弱，很快就没有了刚刚的容光焕发，成为了一株杂草。

再见到君渡的时候，花苑并没有着急出声，她双手抱臂看着她的小师弟，半晌后扯出一个笑来，对着君渡道："小师弟，师姐等不及要来看你一眼了。"

"你……你怎么来这儿了？"君渡声音都带着颤抖，扶过花苑的肩膀，

低头正视着她问。

"因为师姐体贴,怕小师弟忍不住寂寞的滋味,唯恐那相思愁断了师弟的肠子,所以就来解救师弟了。"

君渡也并非庸人,虽然花苑在天花乱坠地满天扯谎,可君渡还是看出了花苑的虚弱。

"师姐……你是否……是否就快要离开?"君渡瞪大了眼睛,即便还不太确定,可君渡还是忍不住,眼眶红了又红。

"我的小师弟果真长大了,什么都瞒不住你了。"花苑拍着君渡的头,倚老卖老。

君渡整个人怔在那里,唯有眼泪是活的,从眼眶里落下,打在衣服上,很快就湿了衣襟。

"原来还是个孩子啊。"花苑看着君渡哭得这般可怜的模样,上前怜爱地给他擦去眼泪,"别哭了,我这不是还活着呢吗?把眼泪留到我出殡的时候,那天你哭得越大声,我就越高兴。"

"那时,你还能听见吗?"君渡明知故问。

花苑一愣,然后凄凄笑道:"听得见,自然……是听得见。"

"君渡,快说你爱我,我进来时消耗了太多,恐怕陪不了你太久了。"花苑仰头看着君渡,眉目带着笑意。

"我爱你。"君渡温柔地把花苑抱在怀里,乖乖照做。

"我是谁?"

"你是花苑。"

花苑听后摇摇头,再问问:"我是谁?"

"你是花苑,你是我爱的人。"这一次君渡回答得依然痛快。

花苑听后把君渡抱得更紧,眉开眼笑道:"果真还是小师弟最懂我。

君渡，我也爱你。"蹭了蹭君渡的胸膛，花苑踮了踮脚，去吻君渡的下巴，一路到耳郭，然后在他耳旁温声细语。

"你还有下辈子吗？"君渡问。

花苑想了想，也不知道一只妖能不能轮回，所以只是摇了摇头，茫然问道："如果有，你要做什么？"

"我还没娶你呢，如果你还有下辈子，我就要娶你，让你成为这天地之间，最风光的新娘。"

花苑听后仰头看着君渡，弯了弯双眸还来不及说上一句好，便死在了这样一句话里。

君渡没敢再去看花苑，只是收紧了手臂，将了无生息的花苑抱紧，低低哭泣了起来。

眼泪落在了花苑的脸上，君渡伸手给她拂去，同时还温柔地说："我知你已没有来世，可我还是要等你，毕竟……毕竟我还有这么长的一段人生，总得有个念想。所以花苑，永远留在我心中吧，我在那里，给你扎营。"

4 不如你跟我做笔交易如何

当年初入九藏逆境之时，君渡与九藏做了一笔交易，君渡对九藏说："你放了眼前的那个姑娘，我将人间我所掌管着的那一方领土，献给你。"

"怎么献？"九藏显然十分喜欢这个提议，把眉峰一挑，兴致勃勃地望过去。

"所有生灵，任你宰割。"君渡挺了挺腰板，说得不卑不亢。

"所有的生灵，也包括你？"九藏反问。

君渡点点头，眼底一片清明，毫无畏惧可言。

"就这么喜欢眼前的这个姑娘？喜欢到宁愿牺牲那么多生灵，也要救她一命的地步？"九藏看了看被吊在那里，却还优哉得很的花苑，觉得有意思。

君渡听了九藏的话没犹豫，看着那漫不经心，像是在荡秋千一般优哉的花苑，点了点头。

"我在这里生活了这么久，不知道有多少人被我葬在了这里，还是第一次遇见这么有意思的事情……"话锋一转，九藏笑得无害，问君渡，"不如你跟我做笔交易如何，若是那姑娘肯为你牺牲，我就让你们两个都活下来；若是她对你的遇害视而不见，那么你们两个，就都别活了。"

君渡不敢接九藏的话，九藏是个怪人，一肚子坏水，如今竟然突然之间变得如此通情达理，君渡生怕九藏又弄出什么幺蛾子，一时之间进退两难。

九藏看着君渡这么为难的样子倒是笑了："我真是太久没遇见过好玩的事情，脑子都生锈了。你与那姑娘不都是案板上的鱼肉，只等着任我宰割，我哪需要与你做交易。"

说着，九藏就放下了花苑，随之将君渡吊在了那里。

君渡被吊起来之前，他隐约听见九藏说："情爱还真是一件有意思的事情，你愿意为那女妖怪牺牲那么多，我倒是想看看，那女妖怪愿意为你做什么。"

九藏毫不留情地在刹那间毁了君渡的精元与肉身，却没工夫欣赏君渡烟消云散的美景，把目光放在不远处漫不经心的花苑身上。

九藏以为花苑会坐视不管，却没想到在她准备冷笑一声转身离去的那一刻，竟然一点点地在风中消散了。而空中君渡散开的精元竟然被凝聚在一起，最后被一抹红光包住，在空中瞬间消失不见。

注意到九藏的目光，在最后一刻她笑得风情万种地说道："我好歹也是上古孕育出来的第一只妖，若是没有点能耐，怎么对得起这个头衔？九藏姑娘，今日恐怕是不能如你的愿了，君渡的命，我就留下来了。"

九藏听后觉得讶异，这并非是她第一次知道情爱的力量，她也是那深陷于爱情之中拔不出来的人，可这般不悔的心甘情愿，她还是第一次看到。

虽然刚刚那笔交易君渡并没来得及应下，可九藏既然说了，那么就不能食言，所以她捡起地上藏着花苑最后一缕清魂的鱼目珠子，咬破了手指将那乳白色的珠子染成通透的红。

他们俩谁都不知道后来发生了什么，所以花苑突然从乔月半的身体里被挤出来，并且摔了个狗吃屎的时候，花苑很是委屈。

明明都死了，怎么还不顺心。

而乔月半亲眼看到自己身体里突然蹦出来一个人的时候，乔月半表示很恐慌。

这个世界越来越可怕了，她得考虑是不是要去西冥府待两天，避避难。

这时惊蛰撩起帘子进来，就看到床上的乔月半与坐在地上的花苑大眼瞪小眼的一幕。

惊蛰感到很迷茫，他明明记得花苑已经死翘翘了。

所以，惊蛰揉了揉眼睛，跟着眼前的两个女人一起"呀"的一声大叫了出来。

外面蹲在树梢上的白玉鸟听到屋子里撕心裂肺的嘶喊受到了惊吓，拍了拍翅膀都飞远了。而屋子里的三个人依旧面面相觑，看着对方大声地叫喊着。

最后还是花苑先停了下来，起身拍了拍屁股，白了他们一眼，嫌弃道："你们叫个屁啊！"

"你怎么活过来了？"惊蛰指着花苑，惊恐地问她。

"我活过……啊？我活过来了？"指着自己，这一次换花苑一脸惊恐地看着惊蛰。

惊蛰和花苑自然是不知道当年九藏与君渡的交易，唯有从幻境里刚刚出来没多久、姗姗来迟的君渡知道那时九藏和他说的话。

没曾想那怪脾气的姑娘竟守了一次诚信。

不过君渡并没有把交易的事情告诉花苑，他只是坐在一旁，看着花苑美滋滋地笑。

当日花苑与君渡就离开了凉京，花苑没回花溅谷，妖王花苑做够了，她现在想做的就是和她的小师弟一起走一走逛一逛，看一看山，再看一看水。

君渡也没什么大志向，分别了千百年，他唯一想做的就是陪在花苑的身边，紧握住花苑的手。

路还很长，困难却很多。花苑与君渡面临的最大的一个问题就是，两个人都不认得路。

所以当他们第三次又不知不觉走回了凉京的时候，花苑基本上已经放弃了游山玩水的这个想法，转过身消极道："我还是回花溅谷当我的妖王去吧，相比之下称霸花溅谷简直太容易了。"

君渡遵循着花苑的想法，提上行李跟着花苑飞走了。

惊蛰亲眼见证了花苑与君渡三次来到凉京时情绪变化的全部过程，对着那两个小可怜由衷地祝福："但愿不要花溅谷还没去成，凉京就又来了第四次。"

一旁的乔月半却是对着那两个小可怜迷茫地眨了眨眼睛，第三次问：

"这两人到底是谁啊?"

惊蛰跷着二郎腿躺在床上,一边摇着手中的蒲扇解暑,一边眯着眼睛看似漫不经心,实则意味深长地说道:"忘记多少年前,被你害惨了的一对冤家。"

乔月半透过镜子看了看自己纯良无害的模样,十分无辜却听不明白。

惊蛰躺在那里却别有深意地笑了笑。

第十二章 / 悬两世

乔月半，今日我在这里，
愿以黄连为食，
刀山为路，性命为博，
求有朝一日，
你乔月半能再回头，
再看我一眼。

①先别急着笑，我们的账，来日方长

这几日乔月半一直病恹恹的，躺在被子里只露出一双眼睛看着灰蒙蒙的天花板发呆。

惊蛰原本是很担心的，可就在前几日，惊蛰算账的时候这才发现，乔月半体内的修为补得似乎都差不多了。每一个人给的报酬，似乎都填进了乔月半的体内。

祁男仙君千堂木里暗藏的玄机、华桑嵌月钗里藏着的羁绊、城墨香料里的不寻常、蛇精青幼的半世修为、半仙儿那残破不堪却依然能让半仙儿苟存于世的魂魄，以及惊蛰公子这千百年来的心血。

有了这些东西，那个姑娘，她也该醒了。

说起那个姑娘，惊蛰忍不住就要笑一笑，当初他与黄花菜瞳谷相识，也是和那个沉寂了已久的姑娘，有着扯不开的关联的。

若是那个姑娘还不醒来，惊蛰可不敢保证自己会不会再一次哭着去那日照山的幻境中去寻他想看的身影。也不知道这一次，他会不会再遇上一株即将修成人身的黄花菜。

但愿，但愿她会醒来。

乔月半看了看突然眸色温柔的惊蛰，不知他突然之间笑得这么诡异是在酝酿着什么。

更何况，乔月半现在也无心搭理惊蛰了，她双目呆滞地看着前方，好一会儿才对一旁焚香的惊蛰张了张嘴，然后娇弱道："兄弟，我好像到了寿终正寝的时候了。"

"你可别当着我的面死，"拍了拍手上的香灰，惊蛰坐到乔月半的身旁，给她掖了掖被子，"没钱给你买花圈。"

乔月半听到惊蛰的话后只是看了他一眼，懒得和惊蛰多说什么，蜷着身子又睡着了。

好几日不见乔月半来倚栏坊里潇洒，华桑觉得乔月半一定是抱恙了。正好今日闲下来，他就把坛子里腌了许久的五花肉拿出来，又在楼鱼那里打了二两好酒过来探望乔月半。

"乔妹啊，你是不知道，凉京城内的父老乡亲们，都甚是想念你。"华桑一边喝着酒，一边泪眼婆娑地对着乔月半诉衷肠。

乔月半听后把眼睛一瞥，虽然是虚弱的模样，可那股子厉害劲儿却是丝毫不减："你骗谁呢，他们其实是想我兜里那两个银子了吧。"

华桑哑口无言，打了个哈欠后就对着乔月半告别。

走之前，华桑盯着乔月半看了半响，好一会儿后才露出恍然大悟的表情来，俯身抱了抱乔月半，华桑说："快让我最后抱一抱温柔可人的乔妹。"

"瞎磨叽什么呢？"乔月半嫌弃地推了一把华桑，又说，"别在这儿腻应我了，快点滚滚滚！"

华桑觉得他受到了伤害，捂着心口一副再也不会爱了的模样从屋子里出来。看到坐在门口晒太阳的惊蛰，华桑认真地说："她马上就要回来了，你不拿点什么防防身啊？"

闻言，惊蛰转身从后领里抽出一根痒痒挠来，凌空挥了挥，挥出一阵瑟瑟的风声来，威风凛凛道："等她回来了，我就用这个保护自己。"

说话之间门被风给卷开，发出一阵"吱呀"的声响，屋子里卧床多日的姑娘站起身，随手拿了件惊蛰的袍子披在身上，一边从那阴暗的屋子里往外走，一边吐气如兰地问："谁要回来了啊？"

"就是……"华桑说到一半，抬头看到从阴影中走出来的姑娘，一下子腿就软了，一个站不住坐在了地上。

看着那一脸娇笑的姑娘，华桑一边用手往后挪着身子，还一边哭着说："九、九、九……"

华桑结巴了好一会儿，都说不出个所以然来。

惊蛰背对着屋子，不知道屋子里发生了什么事，看到华桑这一副快要被吓尿的样子，惊蛰十分鄙视地看了他一眼，威风地转过身，然后膝盖一软，差点没跪了下来。

那张脸，让惊蛰高兴又心慌。

连滚带爬地过去与华桑并肩抱在一起，惊蛰仰天长啸道："救命啊！"

其实那张脸，也还是那张脸，只是皮肤之下的东西，却不只是一个乔月半这么简单了。

过了这么多年，乔月半的真身终于苏醒——九藏终于又见到了这人世间的太阳。

想起即将苏醒时这副身体的不适，乔月半便忍不住蹙了蹙眉。

虽然被惊蛰用香料养得极好，那屋子里燃着的香也让她稍有缓解，可那时她还是像被谁施了定身术一样，躺在那里一动都动不得。

冷风从四面八方吹过来，是不寒到骨头里誓不罢休的架势。然后她的意识就开始混沌，记忆的碎片从四面八方涌来，一点点地将乔月半身为九藏时的过往拼凑成一幅完整的画卷。

最后的最后，乔月半还记得她的意识有那么一刹那彻底消失不见，她像是一个死人一样地昏睡过去，等再醒来时，她便扬了扬嘴角，脸上带着笑。

那不可一世的姑娘啊，终于是要回来了。

听到了外面惊蛰与华桑之间的对话，乔月半便走了出去，也顺利地将惊蛰与华桑吓得腿软。

乔月半所走的每一步都带着惊雷，这与太阳不和谐的存在成功地昭示了九藏的重生。

空中的飞鸟并没有因为害怕惊雷而离开，它们纷纷飞到断楼附近，落在树杈上或者房顶上，不过是片刻，断楼的方圆百里之内，便落满了不知名的飞鸟。

这本该是嘈杂的场面，可那些鸟却并没有叽叽喳喳地叫个不停。它们都朝向乔月半，沉默着。

乔月半似乎对此不以为然，她抬头看了看空中火辣辣的太阳与惊雷，跷着二郎腿坐在了惊蛰坐过的地方，一副女王的架势看着眼前的两个男人，目光移了移，最后在华桑的脸上停顿。

惊蛰松了一口气，华桑的汗毛"唰"地立起来了，结结巴巴地说："九九九……九藏大人，我可没得罪你啊。"

"没有吗？"乔月半歪着头，一副天真的模样。

华桑看到乔月半这样更怕了，如果不是腿还软着，他一定给乔月半磕几个头，以求放过。

"我可还记得，你对着惊蛰说猫就应该吃老鼠的时候，笑得有多开心。"乔月半说的是这一世她还是一只猫时发生的事情。对于吃老鼠这件事，她一直耿耿于怀，一直记到现在就是为了能好好收拾华桑一顿。

华桑听后直接哭了，秉承着死也要抓一个垫背的心情，一把扯过一旁幸灾乐祸的惊蛰，说："那你看他！这么多年，他祸害你还少吗？"

乔月半看着突然被点名一脸惊恐的惊蛰笑了笑，伸手一把扯过惊蛰的领子拎着他就往断楼走，一边走还一边说："我们的账，得回家算。"

这一次换华桑幸灾乐祸了。

在推开门的那一刻，乔月半的脚步停了下来，她自认为她和惊蛰没什么账可以算的，当年身为九藏的她为惊蛰所做的一切，都是她的义务。虽说有私人感情在里面，但时间过了这么久，该两清的，时间也都替他们两清了。

但乔月半没想到惊蛰会用这么长的一段岁月，来挽救九藏那薄弱到几乎都快消失了的生命迹象，抬头看了一眼惊蛰，她实在不明白，他究竟爱不爱她。

"九九九……"惊蛰还沉浸在乔月半突然苏醒过来了这件事情上，捂着脑袋对着乔月半说，"别打头，精华都在这儿了。"

乔月半顿了一下，挥手就在惊蛰的后脑勺上打了一下："九个屁啊，这一世我不是有名字吗，以前怎么喊我，现在就怎么喊我。"

"乔胖儿？"惊蛰伸了伸脑袋，试探性地喊了一声，于是那伸出来的脑袋就又被乔月半打了一下。

看着惊蛰，乔月半字正腔圆地纠正道："是乔月半。"

"对对对，看小的这记性，是乔月半，是乔月半。"惊蛰听后立马狗腿地附和。

对着镜子理了理衣衫，整了整额前的坠子，乔月半转身看了惊蛰一眼，嫌弃地嗤了下后便推门要走。

"你干吗去？"惊蛰怯怯地问。

"关你屁事。"翻了个白眼，乔月半酷酷地扔下这么一句话后就绝尘而去了。

惊蛰看着乔月半的背影，想起很多年前，她也是这样摆了摆手，然后潇洒地走远，头也不曾回一下。

无论叫什么名字，九藏到最后，都还是九藏。

◈②◈ 那将他供奉为神明的女孩，是他最虔诚的信徒

说起来，惊蛰与乔月半……也就是当年的九藏，颇为有缘分。

缘分起始的地方是一座建在人间的冥殿，时间早到人类尚不知邪恶好坏。

那时的人类只知信奉天上的神明，误把冥殿当作神庙，便用香火将这冥殿给一点点地供奉了起来，甚至于将冥殿里的一座石人像，都供奉成了人形。

那石像吃人供奉修为人形，虽无大修为，可却胜在底子深厚，本是个冥君，却也因多人供奉，硬是被供奉出了仙身，于是就变成了半冥半仙的稀奇之人。

因为修为人形那日恰巧赶上惊蛰节气，男子便为自己取名为惊蛰。

惊蛰离开那座冥殿，在阳光下伸了个懒腰的时候，曾转身去看了一眼那拿着扫把每日都来打扫这座冥殿的小女孩。

听说，她叫九藏。

九藏将院子扫完便拿着干净的毛巾去擦那座已经没有了灵魂的石像，

神情虔诚又深情，一双眼里都是轻柔的笑。

惊蛰咬了咬嘴唇，看着九藏突然就笑了。

那将他供奉为神明的女孩，是他最虔诚的信徒。

在离开这座冥殿之前，惊蛰抽走了九藏的一魂一魄捏成石像放在了这座冥殿里最醒目的地方。

日子久了，这人世间里的生灵便也多了起来，爱与恨、善与恶都变得明显了起来。

那座被误认为神庙的冥殿里便很少会出现纯真的话语，一些人把嫉妒扔在了那里，一些人把贪婪扔在了那里，美好的事物，越来越少。

九藏就是在这样的环境下被供奉起来的，随着时间的推移，九藏眼里的纯真越来越少，甚至到最后，她的脸上都是邪气的笑。

她被这人世间里的万种情绪给供奉成了恶人。

后来，她也离开了这座冥殿，自立门户。

不过在离开之前，九藏并没有像惊蛰那样在门前懒懒地伸一个懒腰，然后走得悠闲。她捡起落了灰的抹布放在清水里洗干净，然后擦了擦惊蛰石像上的灰。

这看起来，好像和以往也没什么不一样。她还是那个小小的女孩，拿着扫把，拿着抹布，在看向那座石像时，依旧一脸的虔诚，一脸的向往。

九藏头也不回地走了。

她没在这个世间的任何一个地方生存，她说人狡猾，她可不太喜欢。所以她自立门户，给自己制造了一个叫作九藏逆境的地方。

九藏是被坏情绪供奉起来的，她也和那些坏情绪一样，不懂收敛。

她只用了两百年的时间就让六界都知道了她的存在，她杀了西海的蛟龙公子，她抢走了鹤仙子头上那最为宝贵的红色吊坠，她在天宫宴上酩酊大醉，醉酒之后一把火烧了那万亩桃林，将桃仙也烧死在那里。

但却无人能将她怎样，即便是那天帝御舟也都束手无策，因为她非仙非魔，她只是有着可怕的力量，不老不死，不生不灭。

惊蛰与九藏再一次相见的时候，距离上一次在冥殿的那次见面已经过了很长的时间，时间长到若不是惊蛰看清那双曾赤诚的眸子，恐怕他都要忘记，在过往的生命中，他为自己埋下这样一粒种子。

而如今惊蛰也没想到，他多年前的未雨绸缪，如今竟然真的用得到。惊蛰抿了抿嘴，有些窃喜，看着与自己一起掉进葬仙池的九藏，走过去对她叹了口气，故作哀怨道："我好歹也算是半个冥君，如今竟然被葬仙池给困住了。"

葬仙池顾名思义，就是专门惩戒神仙的地方，除了神明，任何一种身份的人来到这里都不会有异样的感觉，唯有那至高无上的仙人来到这里，会一点点地被耗尽精元，枯死于此。一些神明因为做了错事，便会被天帝御舟扔到这里，任由自生自灭。

目前为止，惊蛰活了这么多年还没看到过有哪个仙僚活着从葬仙池里走出来。

所以惊蛰也意识到，他恐怕要栽在这里了。

听到惊蛰的话，九藏不乐意地说："我连个神仙都不算，还不是被困住了？"起身四处踢了踢，前两脚都漫不经心地落了下去，正要落下去的第三脚却被惊蛰给拦住了。

"这里连着人间，你别乱动，给人界引发骚乱就不好了。"惊蛰难得认真，他虽然不是个好东西，可作为一个神仙该有的责任心他还是有的。

九藏却不以为然，伸手摸了摸墙壁，又摸了摸顶棚，想试试看一拳打下去之后会有什么反应，于是，她便做了。

惊蛰来不及阻止就看到葬仙池被九藏挥出去的小粉拳打了一个大窟窿，随着窟窿的出现，瑟瑟的冷风也灌进了葬仙池里。

惊蛰在这一刻差点哭出来，气愤之余过去直接将九藏狠狠地摁在了墙壁上，质问她道："谁让你乱动的！"

九藏看着惊蛰却是笑了笑，把身子往前倾了倾，在他耳旁轻轻说："刚刚你向我走过来，如今又把我圈在了你手臂之间，我以为你要亲我呢。"

惊蛰的气势一下子就弱了下来，一张脸红得像是一个大红萝卜，支支吾吾地说："你……你别耍流氓啊。"

看了看紧紧握住自己双肩的手掌，九藏软声道："明明是惊蛰公子在对我耍流氓。"

听了九藏的话，惊蛰像是被烫到了手一样，"唰"地就将手收了回来，无措地背在身后，抬头看着眼前这个冒冷风的窟窿，发愁道："这个得怎么填呢？"

九藏却没将注意力放在那个被她打出来的窟窿上，而是紧紧地盯着惊蛰的侧脸看了一番，好一会儿后笑了笑，在他耳旁道："惊蛰，你还记得我吗？或者说，你还记得那座冥殿吗？"

惊蛰听后有些小小的惊讶，他惊讶于九藏的好记性，如今冥殿都已被拆去了上万年有余，而那冥殿里的姑娘，竟然还记得那过往里的种种风景。

九藏看到惊蛰的这副模样便笑了，什么话也没说，只是脱了身上的衣袍向上一扔，就遮住了那个不断冒着冷风的窟窿。

❀3❀最迟也要在我羽化之前替我收个尸

惊蛰是仙君也是冥君，好歹也是有仙体，葬仙池里汇聚着瘴气，专门克惊蛰这种神仙，惊蛰使不出什么能耐不说，随着时间的推移，还越发虚弱。

而九藏非神非仙，却不知为何使不上劲儿，也离不开。

想来这葬仙池是有点门道。

想到这里，九藏这个遭过万神唾弃的女魔头竟然把身子往惊蛰的身边挪了挪，然后蜷着身子用胳膊将惊蛰圈在了怀里。

"我听闻，你最会的就是见死不救，如今怎么突然转性了？"睁了睁沉重的眼皮，惊蛰虽然虚弱得像是一只病鸡，可嘴巴，还是依旧厉害。

"你这是逼我离你远点了。"说着，九藏还真松开了手，翻个身就要走。

惊蛰连忙抓着九藏的胳膊又将她扯了回来，笑着赔不是道："小的错了，九藏姑娘你人最好了。"

"虚伪。"九藏看着惊蛰，虽是嫌弃地下了结论，可也没忍心把惊蛰再松开，反而盯着惊蛰看了一会儿后把惊蛰抱得更紧。

"你突然这样是做什么？"咳了咳后，惊蛰被勒得面色涨红地说，"你要把我勒死了。"

"别说话！要是我的猜测是错的，你就多留点力气用来说遗言吧。"九藏没好气地瞪了惊蛰一眼，然后倾了倾身子，吻上了惊蛰的嘴巴。

惊蛰有气无力地挣扎了两下之后，不知从哪儿来了一股力气，竟然把九藏一把给推开了，向后退了两步："你非礼我！"

"所以你要我对你负责咯？"九藏坏笑着舔了舔嘴唇，反问惊蛰。

"你你你……你别过来……"惊蛰指着一步步走过来的九藏，一副黄花大闺女的模样往后退。

"我我我……我就过来了，你还能怎么样？"九藏看着惊蛰虚弱成这副模样不禁好笑起来，走到他身前时又踮了踮脚，抓着他的领子就吻了上去。

感觉到惊蛰要动，九藏便恶狠狠地警告他说："你别乱动，不然我连让你说遗言的机会都没有。"

惊蛰这一次没动，当然不是因为他听了九藏的话，而是惊蛰觉得，他似乎恢复了往日的状态，甚至还比平日里的状态，要好得多。

感觉到抓着自己的姑娘使的力气越来越小，惊蛰突然恍然大悟般地一把推开九藏。

惊蛰没想到，九藏真的会救他，而且是用这么极端的方式。

若是今日惊蛰成功地躲过一劫，那么刚刚与惊蛰元气互换的九藏，便很有可能会死在这里。

九藏一个没站稳，向后踉跄了两步，差一点没摔在地上。

看着惊蛰一副恍然大悟的表情，九藏用拇指抹了抹嘴巴，对惊蛰笑得嫣然："惊蛰你是个明白人，我无心在你身上浪费口舌，既然都已经想得清楚，你又何必在我这里装无辜。"

然后九藏扯了扯嘴角，抓过惊蛰的衣领，咄咄逼人地看着他问："你惊蛰公子当了婊子却还想立牌坊，用了我替你挡灾，却又不想承认，这所有的一切，不都是你多年前的未雨绸缪吗？"

惊蛰听后眉毛轻蹙，想说，你的这一生，由我所赐，本就是要为我而活的，有什么好气的。

可当惊蛰抬起双眸看到九藏脸上那一抹若有似无的笑时，话语就哽在了喉中。

她看起来虚弱极了，明明刚刚还是一副咄咄逼人的样子，而如今安静地靠在墙面上的模样，却显得无辜又随意，甚至那张脸上，还带着云淡风轻的笑，就好像是在对惊蛰说："其实我心甘情愿。"

九藏猜不透惊蛰的心思，但她有话要在羽化之前说出来，她怕再不说就没机会了。所以她轻轻地提了提嘴角，然后说："原本我还不信你有这样的本事能逆转天命，直到我阴错阳差地上了天宫，遇见你，又与你一起掉进这葬仙池里，我才明白，原来天意是真躲不掉。我的存在，就是为了帮你渡过此劫。该做的事，我都做了，就看惊蛰公子愿不愿意来救我了。"

九藏向后靠了靠，已经有些站不稳，只是靠在墙上神色迷离地笑了笑。

说话间，九藏收回了一早脱下来堵在那风口里的衣服穿在身上，仰头看着那瑟瑟进风的地方，对着惊蛰说："你应该明白吧，有了我的修为，你从这里出去，是会安然无恙的，所以……惊蛰，你会救我的吧？"

没等惊蛰回答，九藏的语气突然变得强硬了起来，对着惊蛰命令道："你的命是我给的，不来你也得来，我劝你动作最好快点……最迟，也要在我羽化之前，替我收个尸。"

九藏说的，惊蛰都明白，所以惊蛰没有犹豫，抬起脚就要离开。

可走了没几步，惊蛰却转过身来，脱了袍子盖在了九藏身上："我一定会回来的。"

惊蛰他没食言，他走得潇洒，回来得也利落，带了法器不过刹那便将葬仙池击碎。

九藏在葬仙池里听到外面的动静，总算明白了走之前惊蛰为何会将那人人垂涎的百兽袍披在她身上，原来，是为了在这乱地之中，能护她周全。

惊蛰回来时，九藏已经非常虚弱了。将她抱起来，惊蛰对着蹙起眉头的少女说："我来接你了。"

九藏虚弱地笑了笑，双眸轻轻下垂，轻声道："我就知道你会来。"

"虽然让你等我，可我却从未想过我会回来，"顿了一下，惊蛰又说，"或者说，我从没想过我会救你。"

"而你现在已经要将我抱离这里。"

"为什么救我啊？你明明可以独善其身，自行离开的。"惊蛰低头去看九藏。

九藏听后咬了咬嘴唇，明明已经是万分虚弱的模样了，可竟然还有一把抓过惊蛰领子的力气，速度快得让惊蛰无法反应。

　　九藏抓过了惊蛰的领子，然后上前吻了一下惊蛰的嘴唇，说话时眉梢眼角都带着傲然："因为天地之间，只有你惊蛰配得上我。"

　　惊蛰不知该如何作答，脑海里挥之不去的，都是那双赤诚的眼。

　　九藏也没再说什么，她倚靠在这个憧憬了许久的臂弯里，疲惫地睁着双眸，不肯睡去。

　　在离开葬仙池的时候，惊蛰对着怀中迟迟不肯睡下的女孩说："睡个好觉吧，醒来时，我还会在的。"

　　九藏听出了惊蛰话语里的弦外之音，提了提嘴角，安心地睡去。

❹ 从一开始，你我二人就没多大的关系

　　九藏这一觉睡了很久，醒来时，日与月也不知交替了多少番。

　　屋子里没人，九藏推门出去，这才发现，原来她赶上了一个日落的时候。

　　这时外面正是斜阳当空的好景色，落日的余晖将云彩照成橙红色，云朵之间透露着晚霞的流光。偶尔会有仙人养的鹤三两成群地在天边展翅而飞，啼鸣之声传进耳朵里十分悦耳。

　　九藏在那暗无天日的逆境之中生活了太久，还是第一次看见日落的模样，不禁有些出神，站在原地看了许久。

　　惊蛰回来时，就看到九藏一个人傻傻地看向西方的模样，余晖灼灼，皓齿明眸。

　　九藏听到惊蛰的脚步声，转身看他，然后平淡道："我躺在那里神志清醒不能动弹时，听到有人说你要娶亲了？"

惊蛰一滞，却又无法解释，他要怎么对九藏讲，他得离她远远的，不然……不然九藏就没办法活；他又要怎么对九藏讲，只有那即将嫁给自己的女孩，有办法续她一命。

九藏如此心高气傲的人断然不会接受别人的施舍。

于是惊蛰点了点头，大方承认："没错，我是要成亲了。"

"惊蛰，你别拿我当傻子。无论你娶的是谁，我这条命都救不回来。那日在葬仙池，我将自己所有的一切都给了你，所以如今我已活不了太久了。你能不做无谓的挣扎，好好地陪在我身边吗？"说着，盛气凌人的姑娘忽然就红了眼眶，声音糯糯地对着惊蛰讲，"我想死在你怀里。"

惊蛰伸手去给九藏擦去脸上的眼泪，俯身在九藏的耳旁，张了张嘴，笑得邪气。

"谁说是为了你了。"

九藏的身子一顿，灌满了眼泪的一双眸里满是不可置信："那日在葬仙池你抱我出来时，你说……你说你不会辜负我的。"

"所以你现在醒了过来，正与我交谈着。"看了九藏一眼，惊蛰嘲笑她，"我惊蛰可不会像九藏姑娘一样因为一个吻就为谁牺牲，那太不自爱了。"

"九藏姑娘，我的新娘子可还等着我呢。我们，就此别过。"说着，惊蛰笑看九藏一眼，转身走远。

无论怎么样，惊蛰还是想试一试。

九藏却是将惊蛰的话信得太真，看着惊蛰越走越远的背影，九藏对着他喊道："惊蛰，你要想好，今日你若是走了，来日我九藏便与你惊蛰，再无半点关系。"

"九藏姑娘，我劝你莫要自作多情了，从一开始，你我二人就没多大的关系。"

惊蛰说了这样一句话，被风吹进了九藏的耳朵里，好一会儿后才消散在空中。

九藏站在原地，扯了扯嘴角，笑得凄惨。

九藏没有了修为，回不去她的小王国里，如今也不愿意继续住在惊蛰这里，便在人间买了处宅子，打算将自己最后的日子留在那开着花的院子里。

九藏死在惊蛰大婚的第二天，她不知惊蛰已经成了亲，只是每日都坐在院子里的花树下，仰头看着湛蓝色的天，始终都是目光凄凄的模样。

华桑知道九藏住在这里，路过时便进来看了九藏一眼，往日里调皮好动的姑娘如今像是秋日里的落叶一般脆弱，他有些惊讶。

九藏侧头看了华桑一眼，问他："怎么找来我这里了？想要替我收尸，估摸着还得等几日。"

"你怎么变成这样了？"看着印堂发暗、面色发虚的九藏，华桑简直觉得世界末日要来了，平日里无法无天的九藏，竟然也会沦落得如此落魄。

"我自作孽，不说也罢。"说话之间，九藏起身往屋子里走，同时也逐客道，"你来早了，过两日带着草席过来为我收尸吧。棺木要上好的梨花木，上面用金色的笔分别描出朝霞与落日，不要题词，留着地方给我画一棵不老松来吧。"

说完话，九藏就已推开门，消失在了华桑的视线里。

那天傍晚，九藏便坐在花树下，看着远方的残阳，没了声息。

弥留之际，她的眼中有大滴的眼泪落下来，想起千万年前的那座庙。

她记不得别的，只记得那座在她心里活了上万年的石像。

她喜欢他，不知从何时开始。

说来也可笑，不过是一座石像，无情无欲，没有生命。

她也不太敢信，却还是每日都来，擦他身上的尘埃如旧，抚他的眉眼温柔。

一日又一日,一年又一年,时间过得那么快。

不知为何,她活了很久,也变成了很厉害的人,厉害到可以看清惊蛰留在她生命中的那个羁绊是什么模样。

原来是要为他挡一劫,九藏笑一笑,也要长叹着问问苍天:"我啊,何其有幸?"

竟被她当作蜜糖,甘之如饴。

原来那世人说得没错,那红尘里的情情爱爱果真害死了人。

九藏最后的记忆,是匆匆赶来的惊蛰与他身后能让人死而复生的苗疆女子。

想必,那就是他的新娘子。

没我好看。

❰5❱ 我和那年你娶的那个女孩,谁更好看?

关于过去的事情,乔月半不太想提了,她早已不是九藏,曾经那为祸六界的姑娘,早就死在了她的红尘劫里。

现如今,她只不过是一只成了精的猫,祈求着能在发情的季节里遇见一只英俊潇洒的公猫,以慰这么多年单身的寂寥。

可惜今年的发情季早就过了,乔月半在墙边蹲了好一会儿,都没找到情投意合的公猫。

没办法,再继续蹲下去的话,那墙角里刚生出来的一窝小老鼠应该会饿死在洞里。

外面蹲了一只猫,鼠妈妈都不敢出来觅食。

兴意阑珊地打了个哈欠，乔月半再一次乘兴而来，败兴而归。

离开了惊蛰的断楼后，乔月半一直住在华桑的倚栏坊里，听华桑说人间的变化很大。乔月半原本是琢磨着勾搭走一只公猫，好一起携手天涯的，可她却怎么都没想到，这人间的变化实在是太大了，猫都不好找男朋友了。

所以连连受挫的乔月半不打算继续待在凉京里了，她听楼鱼说，别的地方的公猫更为优秀，所以还是在旅途中，来一场轰轰烈烈的邂逅比较浪漫。

当夜乔月半就背起行囊打算走向远方，谁知还没走出凉京城，惊蛰就拦在了她的前面。

惊蛰沉着脸，一脸不高兴的样子往乔月半身前一挡，咬着牙酝酿了一会儿后沉声道："老子辛辛苦苦地把你从鬼门关里救回来，和别的女孩成亲留住你的三魂七魄、托关系走后门让你轮回了那么多次，以洗尽身上的瘴气，甚至我还沦落到这人世间来做买卖，好能混到不错的修为把你在葬仙池里受到的损伤给补上，可不是为了让你和别的男孩子眉来眼去的！"

甚至到最后，那公子都有些咄咄逼人的意味，一步步地往前走，把那姑娘逼得节节后退。

惊蛰彻底被乔月半这几日的猎艳行径逼疯了，他觉得继续坐以待毙下去的话，自己辛辛苦苦培育出来的大白菜可能会让别人家的猪给无情地拱了，所以惊蛰下了好几次的决心，终于在今夜跳出来，拦住了乔月半的脚步。

乔月半看着惊蛰，有些无奈。

她感谢惊蛰救了自己，可她不敢再冒险了。

惊蛰对她的感情是爱吗？又或者是感动……是愧疚？

乔月半不知道，也不敢乱猜，更是自知问不出个结果来，便想当一次缩头乌龟，离惊蛰远些，也离这红尘远一些。

没了这些扰人的红线，她定是活得比谁都痛快。

可惜惊蛰不让她走，乔月半动一下惊蛰都要跟着。抬眼看去，就看到那公子没皮没脸地笑着："乔胖儿，你跟我回家吧。"

"惊蛰，你还记得我吗？"她问他一句，然后向前靠一靠，靠到他身前，扬起嘴角，笑得祸国殃民，"说说你眼中的我吧，是个什么模样，我想听。"

乔月半的模样？

惊蛰皱着眉毛想了好一会儿，想起最初时她的样子，石像下小小的姑娘，破衣烂衫，蓬头垢面，只有一双眼睛又黑又亮，那么清澈，抬头望向他时一脸的虔诚。

她从不说话，很长的一段时间里，惊蛰都以为她是哑巴。后来不知是什么时候，又因为何事，她缩在石像下，紧紧地抱住他的脚踝对他说了第一句话。

"我叫九藏，请你记住我，可以吗？"

那么小的姑娘，在他脚下轻轻问候，细细的声音带着凡人特有的脆弱。

于是他一下子就记住了，九藏……九藏……

原来她不是哑巴，原来她叫九藏。

真是个有趣的姑娘，真是个好听的名字。

他深深记下，至此不忘。

惊蛰又想起她后来的样子，是他和九藏再次相遇的那一瞬。

那时她已不再是冥殿里任谁都可欺负的小丫头了，那时她是六界之内任谁都要闻风丧胆的大魔头。

第一次遇见这样的她是在西海之上，海天相接，美不胜收，姑娘在水中露出半个身子，伏在礁石上。

她的裙摆顺着水波在海面绽放，在她的身旁开出一朵花来，她就在花心里，拨着水面慵懒地一抬眸。

那一瞬，她是红颜，也是祸水。

惊蛰恰巧路过她头上的那片云，目光却始终没离开那伏在礁石上的姑娘。

　　恰巧碰到她抬头向上看，隔着那么远的一段距离，他们互相打量着对方，他们谁也不说话。

　　片刻之后，姑娘扭着曼妙的身子躲进了水里，自由自在；男人消失在云后，忘不掉那水中的姑娘倾国倾城。

　　再后来，再后来脑中的身影是在葬仙池里，她倾过身子来吻他。

　　他已记不得她身上的香气有多芬芳，唇瓣又有多柔软，却是始终没能忘记那一双眼，始终看向他，含着笑。

　　得意又放肆。

　　甚至后来，护他全身而退的那一刻，她都在笑，漫不经心地看着这人世，也漫不经心地说着等他。

　　于是又想起那年庙内，石像下的姑娘，拥着他的脚踝，安心入睡。也没能忘西海礁石上风情万种的魔头，慵懒地一抬眸，风流婉转。

　　而今辗辗转转，来来去去，葬仙池内，她又来到他的身旁，说着等他。

　　怎敢负她的一腔深情，孤勇难挡。

　　他如约而至，她却还是要死。

　　她死在一棵花树下，惊蛰匆匆赶来的时候，只等到冰冷的尸身和她眉眼间不安地皱起的眉。

　　这是惊蛰脑中最后的一幕，花树下的姑娘冤魂难安，到死都要紧蹙修眉，含恨而归。

　　那么高傲的她定是不甘，所以他等她千年万年，来来去去不知要有多麻烦，终于叫他得力回天，要这姑娘又站在他身旁。

　　我高傲的姑娘，今日在这里，欠你的，我都还。

惊蛰笑起来，抬头望过去，望向注定和他有着羁绊的女孩。

"你的模样在我脑海存了太多，你想听哪一个？是冥殿里衣衫褴褛的扫地姑娘，还是西海礁石上风情万种的大魔头？"

"真想不到，你还记得。"她长叹，兴许是也想起过往里的种种模样，扯起嘴角也笑一笑。

"看样子，你也没忘。"惊蛰挑眉，然后又问，"有没有开心点？"

乔月半抬头看过去，又无奈地摇一摇头："惊蛰，事已至此，你又何必呢？"

"何必？"他反问一句，而后欺身上前扯过姑娘的手腕放在身前，"乔妹，你这么问我，可真是让我太过心凉。对你，我可是要杀要剐，万死不辞的，而今你问我何必……"说完，他一扯嘴角，笑得晦涩，"敢问一句，古今中外，还有何事能让一人食了黄连还说甜，上了刀山也不悔，丢了性命也甘愿呢？"

他问她，一字一句，而后沉默，长叹一声，依旧盯着姑娘的一双眸，一瞬也不闪躲："由古至今，说来说去，不过是一个爱字。乔月半，今日我在这里，愿以黄连为食，刀山为路，性命为博，只求有朝一日，你乔月半能再回头，再看我一眼。"

这是乔月半万万没想到的一瞬，她在那人的臂弯里，看着他赤诚的一双眼，炙热的神情里带着躲不开的爱。

这一瞬，她等了太久，怀揣着这份爱小心在怀，一回首已是万年已过。

而今，终于让她等到他，却是笑都忘了笑。

惊蛰不管眼前姑娘的情绪如何，他有太多的话想说，一句句的对不起，一声声的我爱你。

又把那姑娘往自己的身前扯了扯，他的吻落在她的额头，心中的千回百转都化作唇瓣轻轻呢喃的这一句："你是九藏，你也是乔月半，更是我惊蛰爱着的姑娘。"

乔月半终是没能离开凉京，她在那个旖旎多情的夜里交付了自己的一生，交给了惊蛰，那不靠谱的鬼中仙人、仙中鬼怪。

犹记得他说爱她的那一瞬，他唇齿间的呢喃化作片片热浪，要把她融化。

她又怎能放过他且败给他，她可是九藏。

于是她踮脚附在他耳畔，薄唇轻启，吐气如兰："惊蛰，我也爱你，在一开始的冥殿里就爱。"

有人微怔，她却还不想放过他，话音才刚刚落下，耳畔姑娘说话间的热气还没散开，就有细碎的吻顺着惊蛰的耳畔一路吻到唇齿。

这一下，头皮都要发麻。

半晌后，惊蛰才反应过来，这自家种的白菜终于是保住了。

弯着眸笑笑，惊蛰任她放肆，在这个微风徐徐、多情旖旎的夜里，带着乔月半去见了月老。

管他腕上有没有红线，这魔头又惹得惹不得呢，这自家种的白菜啊，可不能叫别人家的猪给拱了去。

完

【官方QQ群：555047509】
每周丰富多彩的群活动，好礼不停送！
作者编辑齐驾到，访谈八卦聊不停！

扫一扫看更多图书番外，作者专访

/ 后记

嗯,我就简单的,说几句。

这是我出版的第一本书,我把它叫作——我与世界的,第一次碰撞。

从签约到出版,跨过了很长的一个时间段,期间发生不少的事儿,我还换了编辑,从小隐到蛋壳。

然后现在呢,在我们三个的努力之下,它终于出版了,真可谓是一波三折。

因为耽搁了挺长的时间,在此期间,我妈曾无数次地问我:

"你是不是让人给骗了?"

"你那本书不能黄吧?"

"诶诶诶,啥时候出版啊,我话都喊出去了。"

……

所以现在只要杂志社稍微一有点动静,我最先通知的人,就是我妈。

我没让人骗,我好着呢。

我其实不太敢让我妈看我写的东西,总觉得有点小羞羞,我也害怕她看到啥不好的地方,回家拧着耳朵骂我一顿。

可是该来的还是来了,《惊蛰月半》要出版了,我妈即将要看到了。

还好没写羞羞的东西,长松一口气。

故事里,我最爱《故人归》那一章。

其实一开始是打算用这个题材开个长篇的，故事背景也放在现代，后来阴错阳差地写了"惊蛰"，发现放在这里更合适，于是就放在这里了。

虽然《惊蛰月半》里很多结局都有遗憾，我始终认为《故人归》这一章，最让人难过。

它多多少少照进了现实，面对人生突如其来的变故，我们，都无能为力着，一些人认了命，一些人在等待。

故事的主角选择了后者，她没有属于主角的光环，变故来得快，时间也不留情，女人她孤独地老去，佝偻着身子，等不来心上的人，回家。

其实跟着这本书的进展来看，不难发现我心态的变化，最开始的几个故事，都是以悲剧收场，总有遗憾在中间，是恋人之间跨不过去的一道坎。

后来写到后半段，很多一开始跨不过去的地方，都能迎刃而解了，王子和公主幸福地生活在一起，戏里戏外都皆大欢喜。

我其实是个悲剧控。写到最后，我也不太明白自己，大概悲伤心理都被我在前半段给用光了吧，所以写到最后，变得轻轻松松、嘻嘻哈哈。

说起来这本书其实改了几个我特别钟爱的人设，都是故事的点睛之笔，这个地方我始终遗憾，如果有机会，我把最开始的故事，讲给你们听。

我叫故酒，这本书叫"惊蛰"，我们都希望正在看书的你们啊，无怨无悔地活着。

就到这里，再见，诸位看客。

故酒
2016.07.05 仲夏

浮生若梦系列
-试读-

《沉鳞》

楚国是一个人与异兽共存的国家,每一朝都会有异兽从昆吾山而来,成为楚国的国巫。这一朝的国巫,是条白蛟。

却不想……

【蛟落平阳被鱼欺!还是被小鱼欺!】

姬沉鳞 & 安知鱼 虐狗二则

但还没闭上眼睛,就整个人都被从被子里被提了起来。姬沉鳞苦着个脸,不用想都知道是安知鱼,她拼命地挣扎。

"姬大人,我觉得你现在快点洗漱穿好朝服,做一条端端正正的蛟。"

"我怎么就不是一条堂堂正正的蛟了!堂堂正正的蛟就不需要睡觉了吗!"

"我觉得我现在提着的是一条扭来扭去的黄鳝。"

黄鳝!

海风卷起酒楼里的锅铲声与烟火气息,安知鱼牵起姬沉鳞的手说:"你知道吗,我安知鱼除了聪明,还有钱。"

"哦……"

虽然说得如此不要脸,但又好像是实话。

浮生若梦系列
-试读-

《花间异闻录》

无垠异世，浩瀚蚀海。
此间，世分五界——神界、仙界、人界、妖界、鬼界。
疆分四陆：
人气昌盛，广袤辽阔的东青陆；
地凶水险，原始狂野的西六州；
极寒冻土，孤远寂寥的北靛疆；
异象迭生，神秘莫测的南陵岛……

"梂郎者，游历四海之地，通晓列国之事，行于云海之商也。"

旅行列国之间，见闻四陆奇事的【少年梂郎——叶由离】，在施阳"闲市"摆了个摊位。
"闲市"——相传，只要你出价合理，就能买到任何你想要的东西的神奇地方。

"公子可知这尘世间，万物皆有灵。其中以人灵最为人熟知，人身不过是一副皮囊，令其能够活动，并且有识有情，那便是人灵的存在……相同的，无生命之物亦有灵，其中少数修为尚高者，灵体能为人所见，此谓为'妖魔'，而多数物灵是些人类看不见的虚灵。偏偏公子你，却是能够感知到这些虚空之灵的稀有人才……"